하루는 살 만하고
하루는 죽고 싶었다

심리 상담가
임부영 에세이

죽고 싶었던 하루는
기억에 남는다

내가 기억하는 하루는 턱없이 적다. 작년만 해도 그렇
다. 너그럽게 어슴푸레한 것까지 세어봐도 30일도 채 기
억하지 못한다. 유난스럽고 이상한 하루만 기억에 남았
기 때문인데 나는 아쉽기만 하다. 평범하다고 해서 내가
그 시간을 겪지 않은 것은 아닌데 머릿속엔 흔적도 없다.

죽고 싶었던 하루는 유난스럽고 이상해서 잊기 힘들
다. 더군다나 처음 죽고 싶었던 날은 충격적이기까지 해
서 그날의 분위기가 온전히 기억에 남아있다. 쌀쌀한 방
에서 거칠고 낡은 종이 위에 유서를 쓰고 손에 꼽힐 만큼
의 많은 눈물을 흘렸던 내 모습이 아직도 선명하다. 특별

했던 일이라 더 뚜렷이 기억에 남기도 했을 것이다. 15년 전 즈음 주변엔 자살을 생각하는 사람은 나 혼자였으니 꽤 남다른 일이었다. 그런데 요즘 들어서는 친구들도 삶을 포기하고 싶다는 말을 종종 하곤 한다. 어쩌면 이제는 내가 죽고 싶어도 너무 평범해져서 그 하루를 기억하지 못할 수도 있겠다.

이 책은 "엄마. 나 죽고 싶어."라는 대사에서부터 시작된다. 시간의 순서에 따라 상담사가 되기까지의 과정, 그 이후의 일들이 쓰여있다. 내 하루는 감정의 기복으로 살만하다 죽고 싶었던 날들의 지독한 반복이었다. 그 하루가 평온해졌을 무렵, 나는 내 경험을 글로 쓰고 싶었다. 작은 기대가 있었기 때문이다. 괴로움이 계속되면 우리는 내일의 시간도 절망으로 단정 지으려 한다. 나는 내 사례가 절망을 단정하려는 누군가의 판단을 조금이라도 늦춰줄 수 있기를 바랐다. 그리고 정말 단 한 명에게라도 그렇게 된다면 나는 더없이 기쁠 것 같다.

오늘은 모르겠다. 동생이 넷플릭스에서 방영될 드라마 보조작가에 지원했다는 소리를 들었고, 방금 남자친구와 싸웠으며 약간의 두통이 있는 적당히 평범한 날이라 기억에 남지 못할 수도 있다. 그리고 요새는 좀처럼 기억하지 못할 무난한 날들이 부쩍 많다.

2021년 3월 임부영

Contents

1부

무언가
잘못되어 가고 있다는 걸 알았지만
어쩔 도리가 없었다

2부

마음을
삼키는 습관

3부

우리가 다시 만나지 않으면
잘 지내고 있다는
뜻이겠죠

Epilogue

1부

무언가
잘못되어 가고 있다는 걸 알았지만
어쩔 도리가 없었다

엄마, 나 죽고 싶어

"엄마. 나 죽고 싶어."

새벽 2시쯤 되었을까. 술을 진탕 마시고 들어왔다. 그리곤 잠들어 있는 엄마 옆에 누워서 혼잣말처럼 툭 내뱉어 버렸다. 그날은 아빠가 지방으로 출장을 가셨기 때문에 죽고 싶다는 심각한 말을 함부로 내뱉을 수 있었을 것이다.

"약도 먹고 있는데… 죽고 싶단 생각밖에 안 들어."

엄마는 눈물범벅이 된 내 얼굴을 손으로 대강 닦고 앞머리를 쓸어 넘겼다. 그리고 말했다.

"그렇구나…."

그때 엄마는 내가 본 위로의 태도 중에 가장 완벽했다.

나는 섣부른 위로를 좋아하지 않는다. 사람들은 죽고 싶다는 얘기에 준비도 없이 위로에 뛰어들곤 한다. 그리고 나를 말리기 위해 긍정적인 말들을 붙여 위로를 시작하지만, 이내 할 말을 잃는다. 사는 것은 불행한 여정에 불과하다는 나의 탄탄한 근거에 힘없이 포기해 버리고 마는 것이다. 그럴 때면 역시 죽는 것이 낫다는 생각만 진해지기 마련이라 섣부른 위로는 전혀 도움이 되지 않는다. 엄마는 '그렇구나'라는 말 외에 어떤 말도 붙이지 않았다. 늘 걱정이 많은 엄마는 정신과 약을 복용하고 있다는 내 얘기에 대단히 놀랐을 텐데도.

엄마는 다음 날 부리나케 막내 이모에게 전화를 걸어 (막내 이모는 ADHD로 진단 받은 자녀를 두고 있어 오래 전부터 다양한 심리 치료 기관을 다녔었다.) 가까운 곳에 있는 믿을 만한 상담 센터를 수소문했다. 그리곤 곧장 센터에 전화를 걸어 가능한 빠른 시간에 예약을 잡고는 말했다.

"혹시 좋은 의사 선생님 아시면 소개해 주시겠어요?"

엄마는 내가 선택한 병원이, 썩 미덥지 않았던 모양이다. 안 그래도 의사에 대해 실망을 한 터라 나는 잘됐지 싶었다. 며칠 전, 의사는 나의 상태를 캔버스 위에 물감이 덕지덕지 발려서 본래의 흰색을 잃어버린 거라고 했다. 나는 배려 없는 의사의 말에 기분이 상해 버려서 굳이 흰

색일 필요가 있느냐. 물감이 발린 것 자체로 괜찮을 수도 있지 않냐며 따져 물은 일이 있었다. 스치듯 상기된 기억은 또다시 불쾌함을 불러왔다. 나는 다른 병원을 알아보는 엄마의 목소리를 똑똑히 들었지만, 아무 말 없이 모른 채 있었다.

상담 센터 원장은 우리 집에서 그리 멀지 않게 위치한 정신과를 소개해 줬다. 나중에 더 자세히 얘기하겠지만 그곳에서 만난 의사는 좋은 전문가였다. 그동안 만나 본 정신과 의사 중에 제일 오랫동안 진료를 봤고, 긴 시간뿐만 아니라 진료 또한 성의가 있었는데 무엇보다 좋았던 것은 정신이 건강한 사람이었다는 것이다. 정신이 건강하다는 것은 특별한 것은 아니고 대화가 원활히 됐다는 얘기다.

그때 나는 이십 대 중반이었고 그 나이에 대개 그렇듯 내가 나이를 먹을 만큼 먹은 완연한 어른이라고 생각하고 있었다. 그런데 나의 '죽고 싶다'는 혼잣말에 보인 엄마의 군더더기 없는 일 처리에 어른이 되려면 아직 멀었나 보다 싶었다. 하긴, 경제적 독립도 못 했는데 어른이라며 우쭐댄 것은 거만하기 짝이 없었다. 나는 평소 같지 않게 엄마의 결정에 별다른 저항을 하지 않았고 이때부터 정신과 진료와 심리 상담을 대략 4~5년 동안 병행했다.

정신과 의사도 좋은 전문가였지만, 상담사를 만나고 나서 내 삶은 예상치 못한 변화를 겪었다. 삶의 태도나 마음가짐이 달라진 것도 그렇지만, 내가 그전까지 단 한 번도 꿈꿔 본 적 없는 상담사가 되었으니 말이다. 만약 심리 상담이라는 지극히 개인적이고 독특하며 굉장하기까지 한 경험을 하지 않았다면 상담사를 직업으로 삼을 일은 절대 없었을 것이다.

뛰어놀지 못하니
너는 한심한 개일 뿐이야

언제부터 내 인생이 꼬였을까. 그래. 고등학교 때 미술
대학 실기 시험을 준비한 것부터가 문제였을 것이다.

미대 입시 실기 전형은 예술에 무지한 사람이 만든 것
이 분명하다. 실기 시험에서는 여러 재료(종이, 연필, 물
감의 종류), 그리는 대상, 시간 등등 거의 모든 것이 제한
된다. 그 무지한 사람은 예술이 기본적으로 자유로워야
한다는 것을 모르는 것이다.

대학교 때 교수들의 실기 고사 채점을 도와주는 아르바
이트를 한 적이 있었다. 바닥에 일렬로 놓여 있는 수백 장
의 그림들은 심하게 말해서 흡사 데칼코마니 같았다. 멀
리서 바라보면 나란히 들어선 거대한 아파트 단지 같기
도 했는데, 그렇게까지 비슷한 그림들이 모여 있다는 것
이 징그러울 정도였다. 교수들은 어쩜 이렇게나 그림이

똑같냐며 투덜댔지만, 어느 누구도 나서서 입시 전형을 바꾸려고 하지 않았다. 그건 매우 귀찮은 일일 테니 말이다.

교수들은 채점에 망설임이 없었다. 그림 한 점에 1초 남짓한 짧은 순간이면 채점이 끝났는데 나는 그때 알았다. 교수들의 편의를 위해서 데칼코마니를 그리게 한 것이다. 유사함은 사소한 차이를 부각하기 때문에, 거의 똑같은 그림들의 줄을 세우는 것은 신장계로 키를 재서 순서대로 번호를 매기는 것처럼 간단한 일이었다. 만약 그날 피카소와 고흐의 그림 중에 어떤 것이 더 잘 그린 그림인지 평가했다면 교수들은 밤을 꼴딱 새웠을 것이다.

입시 미술 학원에서는 더 나은 데칼코마니를 위해서 다양한 기술을 암기시킨다. 많이 그릴 수 있는 법, 형태를 세련되게 잡는 법, 붓질을 맛깔나게 하는 법, 색을 만드는 법 등등을 반복 훈련시킨다.

나는 학원 친구들 중에서도 유독 암기를 잘했고 열심히 했다. 얼마나 열심히 했냐면 입시생 때는 학교 수업을 제끼고 학원에 갈 정도였다. 아무도 없는 실기실에서 혼자 그림을 그렸다. 매일 친구들보다 한 장의 그림을 더 완성시켰으니 열정은 대단했다. 어느 날 담임 선생님은 참다 못해 나를 교무실로 불렀다. 출석이 결과처리가 되면 입시에 불이익이 간다는 둥 나를 몰아세웠지만, 나는 알아서 할 테니 상관 말라며 다음 날 또 학교를 제꼈다. 그렇게 막무가내로 그림을 그렸다. 그 덕에 나는 친구들보다 더 완벽한 데칼코마니를 그릴 수 있게 됐다.

아이러니하게도 대학에서는 데칼코마니 같은 그림은 쓸모도 없을뿐더러 최악으로 평가받는다. 기초 서양화 시간이었다. 교수가 얇은 파마머리를 휘날리며 말했다.

"이제 입시 미술은 벗어나야 해."

교수는 강의실 여기저기를 큰 보폭으로 걷더니 어느 그림 앞에 멈춰 섰다. 그 그림을 그린 친구는 실기 고사에서는 좋은 성적을 받지 못했다. 아마도 암기를 잘 해내지 못한 탓이다. 교수는 실눈을 뜨고 그 친구의 그림을 지그시 보더니 말했다.

"자 봐. 이 선의 느낌 말이야. 자유로움이 느껴지지 않니?"

교수는 이제 자유로운 그림을 그려야 한다며 떠들었지만, 나는 도저히 받아들일 수 없었다. 그것은 평생을 묶어서 키운 개에게 예고도 없이 목줄을 풀어 주는 것과 같은 것이다. 그 개에게 이 세상의 크기는 목줄이 허용한 반경 1m가 전부다. 누군가 다가와서 개에게 말한다. "이제 자유를 줄 터이니, 개답게 뛰어놀아야만 해" 개는 처음 접한 자유가 두려울 수밖에 없다. 누릴 준비 없이 주어진 자유는 날 선 자극으로 다가오기 마련이다. 개는 마당을 샅샅이 살피다가 구석에 몸을 숨긴다.

나는 그 개와 다를 게 없었다. 자유가 주어졌을 때 무엇을 어떻게 그려야 할지 알지 못했다. 개의 얼굴 위로 황량한 내 얼굴이 겹쳐진다. 나도 그 개를 따라 컴컴한 구석에 몸을 숨긴다. 울타리 밖으로 고개를 쭉 빼서 친구들을 부럽게 바라본다. 친구들은 자유를 만끽하며 뛰어노느라 여념이 없다. 한 발짝도 떼지 못하는 나는 친구들과 다른 존재인 것만 같다. 어쩌면 태생적으로 취약한 존재이려나? 그때, 교수의 또각거리는 구두 소리에 번쩍 정신이 들었다. 또각또각.

호흡을 가다듬고 친구들을 바라봤다. 친구들은 모두 자신의 그림을 완성시키기에 바빴다. 이목구비의 모양은 혼란과는 거리가 멀어 보였다. 입꼬리가 살짝 올라가고 눈빛에는 악의가 없었다. 친구들은 하나같이 입을 모아

나에게 말하는 것 같았다.

"뛰어놀지 못하니 너는 한심한 개일 뿐이야."

훌륭한 그림을 그려야만 해

공강 시간이었다. 친구에게 불만 비스무리한 고민거리를 털어놓았다.

"입시 미술을 벗어나라니."

나는 흥분 섞인 목소리로 말을 이어갔다.

"도대체 어떤 그림을 그려야 하는 거야?"

그러나 친구는 별문제도 아니라는 식으로 가볍게 답했다.

"그냥 그리고 싶은 거 그리면 되잖아."

"맞아….'

나는 무심코 '맞아'라고 대답하고는 차마 입 밖으로 내뱉지 못한 말을 삼키고 말았다.

'그렇지만 난 훌륭한 그림을 그려야만 해….'

나에게는 훌륭한 그림을 그려야 할 사정이 있었다. 우

리 집은 사 남매이며, 나는 장녀. 부모님은 네 명의 자녀를 양육할 만큼의 형편이 따르지 않았다. 고등학교 때 이것저것 따져가며 식비, 생활비, 그리고 가장 골칫거리인 교육비 등을 계산해 본 적이 있다. 평범하게 키운다는 조건. 그러니까 같은 아파트 단지에 사는 아이들에게 평균적으로 들어가는 비용을 계산해 봤을 때 특별한 부자가 아니라면 자식 넷을 키우는 것은 무리가 될 만한 수준의 돈이 든다는 것을 알게 됐다. 그렇게 집안이 경제적으로 힘들 땐 누군가는 자식의 역할에서 부모의 역할로 넘어와야 한다. 부족한 부모의 역할을 충족하기 위해서 말이다. 물론, 우리 집에서는 제일 나이가 많은 내가 유력한 후보였다.

어렸을 때부터 우리 집에 가끔 놀러 오셨던 친척 한 분이 계셨다. 그분은 남 일에 참견하기 좋아하며 자기 자식보다 남의 자식에게 관심이 많았다. 학창 시절에 같은 반이었다면 절대 말 한번 섞지 않았을 거라 장담할 만큼 어느 것 하나 마음에 드는 부분이 없었다. 어찌나 유별난 사람인지 말할 때마다 '네가'라고 발음하곤 했다. 나는 문법에 '네가'가 맞더라도 실제로 그것을 '니가'가 아닌 '네가'로 똑똑히 발음하는 사람을 단연코 본 적이 없다. 그분은 나에게 누차 말했다. '네가'라는 발음을 정확히 살려가며 말이다.

"네가 얼른 커서 동생들을 책임지고 부모님을 도와야 하지 않겠니?"

지금 생각해 봐도 진짜 최악의 말이다. 그런 말쯤은 흘려버렸다면 좋았을 텐데. 그땐 너무 어렸기 때문에 나쁜 말을 걸러서 마음에 담는 법을 몰랐다. 그때쯤부터였을 것이다. 나는 어떻게든 부모님을 도와야 한다고 생각했다. 동생들에게는 부모님이 해 주지 못한 것을 대신 해 주리라 다짐하곤 했다. 그러기 위해선 돈이 제일 필요했고 성공한 사람이 되어야 했다.

성공하기 위해서는 그림으로 인정받아야 했다. 그렇게 내 안에 인정 욕구는 날이 갈수록 높아져만 갔다. 병적인 인정 욕구는 결과에 집착하게 만들어서 과정의 즐거움을 빼앗아간다. 나는 내 그림이 질 낮게 평가받을까 봐 걱정돼서 전전긍긍하기 시작했다. 실패를 확인하는 것이 두려워서 성의 있게 그림을 그리지 못했다. 어느새 그리는 일은 밀린 숙제를 하는 것처럼 괴로운 일이 돼 버렸고 더는 연필을 들 수 없었다. 나는 쉽게도 꿈을 포기해 버렸다. 의욕 없는 학생인 양 행세하며 스스로에게도 그림에 대한 열망을 철저히 숨겼다. 때로는 실패한 사람보다는 포기한 사람으로 나를 받아들이는 게 비겁하지만 편한 법이다.

그러다 학교를 빠지는 일이 늘어났다. 이불을 뒤집어쓰고 보내는 시간만 점점 길어졌다. 친구들은 학교에 왜 안 오냐며 가끔 전화를 걸어오곤 했다. 나는 태연한 척하며 귀찮아서 가기 싫다고 말했지만, 사실 몸을 일으켜 어디를 갈 수 있는 상황이 아니었다. 이불을 뒤집어쓰고 있는 동안 머릿속에서는 큰 전쟁이 일어났기 때문이다. 전쟁이 본격적으로 시작되면 누가 이기든 무력하게 지켜볼 수밖에 없었고 어떻게든 전쟁이 끝나야지만 몸을 일으킬 수 있었다.

'얼른 일어나서 그림을 그려야 한다고.'

'나는 자신이 없어.'

'빨리 훌륭한 그림을 그려서 동생들을 책임져야 하지 않겠어?'

'나는 훌륭한 그림을 그릴 수 없을 거야.'

'한심하다. 이렇게 살다간 낙오자가 될 거야.'

'괴롭다. 괴로워. 사는 게 무섭다고.'

'다들 그러고 살아. 너만 왜 그렇게 유난 떠는지 모르겠

다.'

　한번 시작되면 전쟁은 좀처럼 끝날 줄 몰랐다. 전쟁이
일어나는 동안에는 어떤 일도 할 수 없었지만, 어떤 일도
하지 않았다는 자책감에 나는 더 큰 전쟁을 치러야만 했
다. 아무것도 하지 않으니 한심한 사람이며 인생을 이미
망친 것이나 다름없다는 말로 전쟁이 격렬하게 번졌으니
말이다. 그때 무언가 잘못되어 가고 있다는 것을 알았지
만, 어쩔 도리가 없었다.

죽기를 포기했다

대학교 땐 나를 포함한 친구들 대부분 외모에 관심이 많았다. Y는 그중에서도 유독 다이어트에 집중적이었다.

Y는 살만 빠진다고 한다면 운동, 음식, 의학 요법 모두를 닥치는 대로 해버리는 다이어트 중독자였다. 밥을 먹을 때면 돈가스를 입 안 한가득 넣으면서도 '내일부터는 방울토마토만 먹을 거야.'라든가 2층밖에 안 되는 강의실에 갈 때도 꼭 승강기를 타면서 '내일부터는 매일 줄넘기 2000번씩 할 거야.'라는 말을 하는 친구로 사람들을 곧잘 질리게 만들었다.

나도 앞뒤가 맞지 않는 친구에게 질리기도 했지만, 외모, 그중에서도 몸매의 중요성을 매일같이 설파하는 Y의 말에 감염이라도 된 건지 다이어트에 점차 관심이 생겼다. 아무렇지 않았던 허벅지가 너무 두꺼워 보였고 길을 걷다가 얇은 허벅지를 가진 사람을 만나면 부러움에 흘겨 보기도 했다. 그러다가 결국 내 몸을 몸뚱이라고 부르며 꼴도 보기 싫어하는 지경에 이르렀는데 Y는 몸에 불만을 가지게 된 내가 내심 반가운 눈치였다.

Y도 나처럼 학교를 성실히 다니지 않았다. 어느 날 Y 는 2주 만에야 학교에 나타났다. 그동안 3kg이나 빠졌다 며 이제는 스키니진을 입을 날이 얼마 남지 않은 것 같다 는 기쁨의 소식을 전했다. 나는 기뻐하는 Y가 부럽다 못 해 좀 샘이 났지만 치기 어린 심보를 미뤄놓고 말했다. "너처럼 다리가 얇아졌으면 좋겠어." 그러자 Y는 듬직한 표정을 지어 보였다.

Y의 소개로 식욕 억제제를 처방해 준다는 작은 병원 에 방문했다. Y는 약을 먹고 나서는 김밥 한 줄만으로도 하루를 버틸 수 있다고 했다. 별다른 부작용은 없는 것 같 았다. 사실 부작용이 조금 있다고 했더라도 얇은 허벅지 를 가지고 싶은 마음이 앞서서 그쯤은 무시하고 병원에 갔을 것이다. 소개로 도착한 병원은 다이어트 센터 같았 다. 식욕 억제제나 지방 분해 주사를 맞으려는 사람들만 대기하고 있었다. 내 짐작이었지만, 평범한 환자들과 달

리 사람들의 얼굴에 기대와 희망이 역력했으니 틀리진 않았을 것이다. 의사는 한 달에 2kg 정도의 감량이 요요가 없다는 말만 늘어놓더니 이 주 치의 식욕 억제제를 처방해 주었다.

약을 먹을 때면 심장이 제멋대로 쿵쾅쿵쾅 뛰었고 손, 발에 땀이 나기도 했으며 기분은 구름 위를 붕 뜬 것처럼 들떠 올랐고 밤에는 잠이 잘 오지 않았다. 며칠이나 먹었을까 생각해 내고 싶지만 정확하게 기억나지 않는다. 갑자기 약을 먹기 싫어졌다. 효과가 미비한 것도 불만이었지만, 좀처럼 잠이 들 수 없는 것이 가장 큰 문제였다. 안 그래도 엉망인 내 일상이 식욕 억제제 때문에 더 망가져 버린 것이다. 나는 망설이다가 남은 약을 쓰레기통에 던져 버렸다.

그리고 나서는 심장이 뛴다든가, 긴장된다든가, 잠이 오지 않는 등의 증상들은 모조리 사라졌다. 며칠 뒤 '다시는 살을 빼기 위해 쓸데없는 짓들은 하지 말자.'라고 각오를 다지며 안도하려는 순간 끔찍한 부작용이 찾아왔다. 식욕 억제제 덕에 좋았던 기분은 의지할 곳이 없어져 바닥으로 꼬꾸라졌고 괴로움은 끝없이 커져만 갔다. 매일 밤 차오르는 슬픔에 꼼짝 못 하고 눈물만 흘렸다. 영혼 없는 출석을 하던 나는 그것조차 못 할 상태가 돼 버렸고 결국엔 학사 경고까지 받게 됐다.

식욕 억제제의 가장 심각한 부작용은 유서를 쓰게 되는 것이다. 나는 괴로움에 뒤척이다 차라리 죽는 게 낫겠다는 생각에 다다르고 말았다. 몇 날 며칠을 고민하다가 고요함이 밀려든 새벽. 작년에 쓰고 남은 다이어리를 찢어 두서없이 유서를 썼다. 유서는 굳이 공들여 쓸 필요가 없었다. 어차피 내가 죽은 후에야 사람들이 볼 수 있는 거라 평가 따위는 들을 일 없었기 때문이다. 유서의 내용은 고리타분하기 짝이 없었고 맞춤법이 크게 틀리지 않으면 다행일 정도의 수준 낮은 글이니 굳이 쓰지는 않겠다. 몇 년 뒤 죽고 싶은 마음이 얼추 들지 않을 때쯤 갈기갈기 찢어 버렸다.

그러나 나는 끝내 죽지 못했다. 삶에 미련이 남았기 때문이었을까. 죽으려고 결심한 순간 엄마의 일기장이 생각났다. 베란다 구석에서 우연히 보게 된 엄마의 일기장은 내가 태어났을 무렵 쓰인 것인데 온통 내 얘기로 가득 차 있었다.

29

‘신비스러운 산고 끝에 하나의 기쁨을 얻었다. 나는 너를 부영이라 이름 붙였지만, 지금 이 순간 우리 아기라는 말이 엄마 가슴에 더 가까이 와닿는구나. 우리 아기 까꿍.’

나는 펑펑 울다가 죽기를 포기하고 다시 이불 속으로 들어갔다.

죽기 전에 연락해

매일 밤 내가 왜 죽고 싶은지 알기 위해 온정신을 쏟았다. 그렇지만 내가 진정으로 죽음을 원하는 것인지, 사는 것에 자신이 없어서 죽고 싶은 것인지, 잘 살고 싶은데 뜻대로 되지 않아 화가 난 건지, 뭐가 뭔지 도무지 분간이 안 됐다.

가끔은 철딱서니 없는 생각을 하기도 한다. '내가 괴로웠을 때, 그게 아니면 처음 죽고 싶었을 때만이라도 상담사를 찾아갔다면 귀중한 세월을 낭비하지 않았을 텐데'라고. 그땐 내가 괴로운 것이 인생에 대한 수준 높은 사유 때문이라고 믿었다(지금 생각하면 쥐구멍만 찾고 싶을 만큼 창피하지만). 인생이라는 것은 본래 덧없고 불행한 것인데도 사람들은 아무것도 모르고 열심히만 살고 있다며 답답해하기도 했다. 나는 이런 생각들이 전문가의 도움을 받아야 한다고, 게다가 바뀔 수 있다고는 꿈에도 생각해 본 적이 없었다. 주변에 정신과 진료나 심리 상담을 받는 사람들이 단 한 명도 없어서 더 그랬지 싶다.

나는 상담사 대신 가까운 친구들을 찾았다. 만약 그때 친구들과 함께하지 않았다면, 진짜 죽어 버렸을지도 모를 일이라고, 정말 그렇게 생각한다. 나는 친구들에게는 '죽고 싶음'을 굳이 숨기지 않았다. 어떤 날은 서러운 마음에 눈물이 그렁그렁 맺혀서 말했다.

"나 죽고 싶어."

죽고 싶다는 말을 처음 듣는 친구는 보통 그 이유가 무엇인지 묻는다.

"왜?"

그럼 나는 세상이 잘못됐다는 둥 살기 힘들다는 둥 되지도 않는 이유를 갖다 붙였지만, 비교적 자주 꺼냈던 말은 왜 살아야 하는지 모르겠다는 것이었다. 그러나 답답한 속을 느슨하게 풀어 줄 해답은 여태껏 듣지 못했다. 왜 살아야 하는지 알고 있는 사람을 단 한 명도 만나지 못했기 때문이다.

고등학교 때부터 가깝게 지낸 L은 취업을 일찍 했다.

우리는 고등학교 때만큼 자주는 아니었지만, 그래도 틈틈이 집 앞에서 커피를 마시곤 했다. 저녁 8시쯤 되었을까. 아마 L은 퇴근하던 중이었을 것이다. 잠깐 나오라는 L의 전화를 받고 핏기 없는 얼굴에 추레한 옷을 입고 나갔다. L은 다짜고짜 물었다. 어찌 된 영문인지 죽음과는 어울리지 않는 밝은 목소리로 말이다.

"야. 아직도 죽고 싶어?"

"응."

L은 가까운 만큼 내 얼굴 상태를 속속들이 잘 알고 있었다. 낯빛만으로 잘 지내는지 알 만큼 가까운 친구가 울다 나온 것 같은 멀건 얼굴을 보고도 왜 그렇게 물은 걸까. 집 앞까지 와 준 친구가 고맙기보단 당연한 것을 묻는다며 야속한 마음이 들었다. 그때의 나는 매끄러운 관계를 유지할 수 있을 만큼 상식적인 수준이 아니었다. L이 말했다.

"그래. 그럼 죽기 전에 연락해."

L은 끝까지 밝은 목소리를 유지했다. 그리곤 자신의 아파트 단지로 들어가는 골목길로 걸음을 옮겼다. 나는 L의 엉뚱한 요청에 잠깐 벙쪘다. 죽기 전에 연락을 달라는 친구는 내 죽음을 말리려는 생각이었을까, 미리 알고 싶

다는 가벼운 욕심이었을까. 나는 얼떨결에, 죽기 전에 연락하겠다고 L과 약속을 해 버렸다. 연락하지 않고 죽는다면 L은 분명히 서운해할 것이다. L 때문에 죽음의 실행이 더 번거로워진 셈이 됐다.

대학 때부터 단짝이었던 J는 과대를 도맡아 할 정도로 학교 일에 열의가 있었다. 뿐만 아니고 차석으로 입학했으며 졸업할 때까지도 성적이 좋았던 우등생이었다. 동기들은 J가 나와 친하다는 것을 신기하게 여겼다. 나는 과에서 꼴찌를 맴도는 불성실한 학생이었으니 그럴 만도 했다. 그래도 J는 항상 나를 챙겼다.

괴로움과 함께 이불 속에 숨었던 어느 날. J에게 연락이 왔다. 친구 자취방에서 여럿 모아 술을 마실 것이니 얼른 오라는 전화였다. 나는 수업은 하루가 멀다고 빠지면서 노는 일에는 참석률이 좋았다. 그날도 옷을 주섬주섬 입고 친구 자취방으로 갔다. 싸구려 과자를 안주 삼아 친구들과 이 얘기 저 얘기를 한참 나눴다. 그러다 술이 알딸딸하게 올랐고 나는 죽고 싶다는 말을 또 해 버렸다. 술까지 마셨으니 더 숨길 이유도 없었다.

"정말 살기 싫어… 죽고 싶어…."

J는 심각한 표정으로 듣더니 나보다 슬픈 목소리로 말했다. 눈물이 가득 고여서 말이다.

"난 근데 니가 죽으면 힘들 것 같아."

내가 말했다.

"왜? 내가 죽으면 미안한 마음이 들 것 같아? 못 살렸다는 죄책감 같은 거?"

그때의 나는 자살자의 주변인들이 슬퍼하는 이유가 죽음을 막지 못했다는 죄책감 때문일 거라 믿었다. 그렇게 생각이 단순했다. J가 말했다.

"그게 아니고. 세상에 너라는 존재가 없으면 슬플 것 같아서…."

뭐? 세상에 내가 없으면 슬플 것 같다고? 나는 진중한 고백에 어찌 대답해야 할지 몰라 엉성하게 다른 이야기로 주제를 옮겼다. 그렇게 죽음에 대한 얘기를 묻어 놓고 친구들과 해가 뜰 때까지 있는 대로 술을 마셨다. 어느덧 취기가 오를 대로 올랐고 나는 중얼거리며 잠이 들었다.

'그래도 친구들이 있어서 참 다행이지….'

당분간 괜찮은 날

당분간 괜찮은 날도 있었다. 한 3년간 죽음의 그늘에서 벗어난 삶을 살 수 있었다. 다 그 무렵 만났던 애인들 덕분이다. 사랑에 몰입할 때면 괴로운 마음이 사라진다는 것을 경험하고 나서는 줄기차게 연애를 했다. 그렇지만 대체로 건강한 관계는 아니었다. 마음이 쇠약해진 탓에 건강한 사람은 나를 좋아하지 않았고 설령 그들이 실수로 나와 연애를 시작했더라도 그 관계는 금세 병들기 마련이었다.

애인과 함께 있을 때면 죽고 싶다는 생각은 감히 덤빌 수 없었다. 사랑하는 사람과 함께하는 시간엔 끔찍한 생각이 비집고 들어올 틈 같은 건 없었다. 나는 괴로움 없는 평온한 그 상태가 영원하길 바랐다. 그렇지만 애인과 계속 함께 하는 건 불가능한 일이었다. 각자의 삶이 있어서 그러기도 했고 예상치 못하게 싸우기라도 한 날이면 더더욱 그럴 수 없었다.

애인과 헤어지고 온전히 혼자가 되면 잊고 있었던 불행을 맞닥뜨리게 된다. 나는 쉬이 우울해졌고, 괴로움도 함께 몰려왔으며 불안까지 더해진 날도 있었다. 그렇게까지 상황이 안 좋아지면 어쩔 수 없이 전화를 걸었다. 유독 지루하게 느껴지는 통화음을 지나 익숙한 애인의 목소리가 들리면 심심하다는 거짓말로 서두를 시작했다. 그리곤 일방적으로 주절주절 떠들었다. 이런저런 가십거리를 정신없이 퍼부으며 최대한 긴 시간을 끌었다. 혹여나 할 말을 다 했으면 전화를 끊자고 할까 봐서 시간의 공백을 신경 써서 채운 것이다. 전화를 끊으면 다시 우울해진 나를 발견하게 되더라도 그건 내가 할 수 있는 최선의 일이었다. 결과적으로 사랑을 가장한 병든 관계 속에 숨은 꼴이 됐지만.

버림받음과
괴로움의 관계

　연애할 때 싫은 것이야 셀 수 없이 많겠지만 나는 버림
받는 것을 유난히 싫어했다. 더 함께 있지는 못할망정 버
림을 받는다니, 생각만으로도 아까 먹은 피자가 체할 것
같다. 사람은 무엇을 싫어할수록 오히려 그 역겨운 것에
묶여 버린다. 나 역시 버림받지 않으려 발버둥 치다 버림
받음에 지배된 꼴이었다. 어느덧 버림받지 않는 것이 삶
의 목표가 돼 버렸고 버림받는 걱정에 초조한 연애를 했
으며 버림받는 상황을 앞서 상상하며 화를 내다가 진짜
차이기도 했다. 그런 내가 버림받지 않는 방법을 터득하
게 된 것은 자연스러운 흐름일 것이다.

　버림받지 않으려면 매 순간 애인의 동태를 살펴야 한
다. 무방비 상태로 버림을 받게 된다면 충격이 가중될 테
니 긴장을 늦춰서는 안 된다. 혹시나 애인의 사랑이 식어

보인다 해도 내가 싫어졌냐는 둥 헤어지고 싶냐는 둥 투정 섞인 말들은 절대 해서는 안 된다. 오히려 이때다 싶어 관계를 마무리 짓는 경우가 많기 때문이다. 그리고 당분간 애인의 기분에 신경 쓰는 게 좋다. 사람들은 대체로 자기 기분에 취약한 법이라 기분만 좋다면 헤어지고 싶은 이유 따위는 잊어버리는 일이 빈번하니 말이다. 이 모든 것이 실패했다고 하더라도 좌절은 하지 말자. 좀 치사하긴 하지만 다른 상대로 소위 '환승'하면 된다. 나는 어떻게든 버림받지 않으면 그뿐이었다.

K와는 1년쯤 연애를 했다. 그는 자신의 감정을 숨기는 기술이 대단했다. K의 감정을 엿볼 수 있는 것은 술이 거나하게 취했을 때 들리는 껄껄거리는 웃음뿐이었다. 그런 그와의 만남은 불안함의 연속이었다. 아무리 눈치를 살펴도 그가 나를 사랑하는지, 헤어짐을 준비하고 있는지, 그 속이 전혀 보이지 않아서였다.

나는 불안해질수록 최선을 다했다. 그가 싫어하는 행동은 하지 않았고, 기분을 거스르지 않았으며, 원하는 것을 해주려 노력했다. 나를 버릴라치면 아주 미안한 마음이 들게끔 한 것인데 그렇게만 된다면 나를 떠나지 않을 것이란 안일한 생각 때문이었다. 그렇지만 어떤 것도 K에 겐 통하지 않았다.

평범한 어느 날. 느닷없이 K가 말했다. 지을 수 있는 가장 쌀쌀맞은 표정으로.

"사실 얼마 전부터 다른 여자를 만나고 있어."

헤어짐 앞에 미안함을 덜고자 했던 것일까. 어떤 우연 으로 다른 여자를 만나게 됐는지, 지금 어떤 관계를 유지 하고 있는지 K는 속속들이 나에게 털어놓았다. 그때까지 난 최악의 이별은 상대가 '환승'하는 것이라 믿었는데 그 보다 더한 것도 있었다. 그것은 상대를 기만하는 행동을 하면서 죄책감까지 떠넘겨 버리는 것이다. 버림받았다는 충격에 지독한 배신감까지 더해진 나는 감정의 파도 안에 속박되고 말았다.

제대로 먹지도, 좀처럼 잠이 들지도 못했다. 자려고 누우면 솟구치는 분노에 벌떡 일어나서 그가 나 없이도 잘 지내는지, SNS를 뒤져 살폈다. 어떤 날은 그런 놈은 차라리 없는 게 낫다고, 먼저 헤어지자고 해줘서 고맙다 며 희망찬 미래를 계획해 보기도 했다. 그리고 또 어떤 날 은 눈물 콧물을 짜며 보고 싶은 마음과 서러운 마음이 뒤

범벅된 하루를 보냈다. 누군가 그 모습을 CCTV로 봤다면 한심하게 살더니 결국엔 미쳐 버렸다며 혀를 끌끌 찼을 것이다.

나는 버림받음을 잊기 위해 매일 밤 아무나 만나서 술을 마셨다. 정말 아무나 상관없었다. 술을 찾았던 이유는 잠시라도 '버림받음'을 잊을 수 있기 때문인데 술기운이 알딸딸하게 올라오면 잊히는 듯했지만, 조금이라도 선을 넘으면 더 강렬한 감정에 휩싸이고 말았다. 그럼에도 불구하고 술잔을 들 힘만 있으면 술을 찾았다. 아침이 되고 해를 마주하면 이런 내 모습이 경멸스러울 때도 있었지만, 헤어짐 뒤엔 누구나 미련한 행동을 하는 것이니 괜찮다며 나를 포장하기도 했다.

그렇게 술을 퍼붓다가 심각한 상태에 도달했다. 대학교 시절 죽고 싶었던 것, 그때의 괴로움과는 차원이 달랐다. 괴로움이 안에서 차고 넘쳐 행동으로 터져 나왔다. 사람들과 사소한 일로 언성을 높여 싸웠고 괴성을 지르는 난폭함을 보이기도 했다. 분노가 잠잠해지고 슬픔이 찾아온 날은 울면서 거리를 헤매기까지 했다. 정신이 들고 나면 낯선 곳에 내가 덩그러니 있기도 했는데 지금 생각해보면 정말 아찔한 순간이었다.

그 무렵엔 이상하게도 필름이 끊기는 일이 자주 발생했다. 취하지 않았을 때도 내가 뱉은 말과 행동이 기억나지 않았다. 다음 날이 되면 친구들은 내가 한 짓을 대신 말해 주기도 했는데 남들을 비웃음거리로 만드는 괴상한 농담이나 지저분한 성적인 발언이 대부분이었다. 나는 많은 친구를 잃을 수밖에 없었다.

정신과에 가서 약을 처방받았지만, 증상이 줄어들 기미가 보이지 않았다. 내 삶이 파괴되어 가고 있다고 느꼈고 돌이키기 힘든 상태까지 왔다고 생각했다. 그렇게 버텨오던 어느 날. 나도 모르게 튀어나온 것이다. 혼잣말을 가장한 간절한 요청으로.

"엄마. 나 죽고 싶어."

당신의 진단명은
깃털입니다

센터 원장의 소개로 마지막 정신과에 안착하기까지 세 군데의 정신과를 전전했는데 정이 가는 의사는 단연코 없었다. 첫 번째 의사는 극도의 냉정함을 유지해서 말도 꺼내기 싫었고, 두 번째 의사는 갈 때마다 자신의 업적을 내세워 피곤했으며, 세 번째 의사는 진료 내내 불안함이 엿보여서 나까지 불안해지게 만들었다. 정말이지 그동안은 진료를 볼 맛이 안 났다.

소개받은 정신과는 앉을 소파가 부족해서 다른 환자들과 엉덩이를 붙여 앉아야 된다는 것 빼고는 마음에 들었다. 의사는 작지 않은 키에 약간 마른 체격이었다. 머리는 숱이 굉장했고 어떤 헤어 제품을 바르는지 윤기가 적당히 돌았다. 의사는 항상 조곤조곤하게 말을 이어 갔는데 그 이야기를 가만히 듣다 보면 그가 의사기에 당연하기도 하겠지만 의대생 중에서도 공부를 뛰어나게 잘했을 것 같다는 짐작이 들었다.

의사는 환자가 뒤에 밀렸다는 것을 알아도 허투루 진료를 본 적이 없었다. 의사의 성의 있는 진료 덕에 갈수록 환자가 늘어났으며 그 때문에 치료 막바지에는 환자들의 원성을 몇 번이나 들어야 했다. 예약을 해도 삼십 분에서 한 시간 정도를 매번 기다려야 하는 것을 모든 환자가 이해할 수는 없는 노릇이었다. 나는 이것이 심각한 악순환이지만, 어쩔 수도 없는 일이라 생각했다. 한편으로는 치료 막바지에 환자가 늘어난 것에 내심 운이 좋다고 여겼다.

그동안 의사들은 어떤 진단명도 알려주지 않았고 나역시 묻지 않았다. 어떻게 내 병이 뭔지도 모른 채 진료를 보고 약을 먹었는지 도통 이해가 되지 않는다. 나는 마지막 정신과에 안착하고도 비로소 몇 달이 지나서야 내 진단명을 알아야겠다고 마음먹었다. 아무래도 심각한 우울증이겠거니 생각하고는 의사에게 물었다.

"선생님. 저는 어떤 병인가요?"

의사는 항상 그렇듯 친절하지도 불친절하지도 않게
답했다.

　"양극성 장애입니다."

　"네? 조울증이요?"

　이미 정신과를 다니면서 진단명이나 여러 증상에 대
해 관심이 있었던지라 양극성 장애가 흔히 말하는 조울증
이라는 것을 알고 있었다.

　아. 며칠 전 포털 사이트에서 조울증으로 진단받은 예
술가에 관한 글을 읽었다. 어떤 목적으로 작성된 글인지
는 모르겠지만, 유독 예술가 중에 조울증으로 진단받은
사람이 많다는 문장으로 시작한 글은 그 예술가들을 소개
하며 마침표를 찍었다. 그렇다면 내가 조울증이라는 것
도 고흐부터 버지니아 울프, 헤밍웨이를 이어서 훌륭한
예술가가 될 징조로 볼 수 있지 않을까. 에이. 그렇지만,
아니다. 절대 아닐 것이다. 예술가 중에 조울증인 사람이
많더라도 그저 극소수일 뿐이다. 조울증으로 진단받고
위대한 작품을 만든 사람보다 아무것도 해내지 못하고 나
처럼 불행하게 사는 사람들이 훨씬 많을 테지. 행여나 만
에 하나 내가 훌륭한 예술가가 될 징조로 조울증에 걸렸

다 치더라도 아무런 작품도 없는데 그렇게 될 수는 없는 일이다. 그러고 보니 양극성 장애의 진단 기준에 과장된 자신감이 있었는데 말이지. 이렇게 세계적인 예술가와 나를 비교하는 것은 과장된 자신감의 근거이며 그래서 의사도 양극성 장애로 진단했을 거라는 생각에 다다랐을 때 의사의 말에 정신이 번쩍 들었다.

"그것은 깃털이라는 병명이죠."

나는 깃털이라는 말에 별다른 질문은 하지 않았다. 깃털이라는 비유가 너무 적나라해서 의사가 왜 그런 말을 했는지 벌써 알아 버렸기 때문이다.

나는 깃털이라는, 그러니까 잘 날아가는 병에 걸리고 말았다. 깃털은 조금만 바람이 불어도 우리의 예상보다 더 멀리, 더 빠르게 날아간다. 예민하기는 이루 말할 수 없이 작은 바람에도 털끝이 들썩거린다. 바람이 멈추면 바닥 어느 지점에 내려앉지만 그래도 안심할 수 없다. 언제, 어느 방향으로 바람이 불어올지 모르니까. 제멋대로 불어오는 바람은 깃털을 낯선 곳으로 데려다 놓는다. 깃털의 슬픈 숙명은 자신이 원하는 곳에는 평생 갈 수 없으며 바람이 멈추는 곳에 정착하는 것이다.

나는 내 깃털이 어떤 새의 것일까 생각하다가 이왕이면 아프리카 초원에 날아다니는 큰 새의 것이었으면 좋겠다고, 그렇게 바랐다.

저 아무래도
다른 병 같아요

한때 미디어에서 연예인들의 공황 장애 경험담을 적잖게 볼 수 있었다. 그 영향력 때문인지 자신의 괴로움을 공황 장애의 증상과 저울질하는 사람들이 늘어났고 실제로 공황 장애라고 지레짐작하며 정신과에 찾았다가 소득 없이 돌아간 사람이 많았다고 한다. 나도 쏟아지는 공황 장애 경험담에 포털 사이트와 SNS에 관련 정보를 검색하기 시작했다. 그리고 속으로 소리쳤다. '이건 나랑 너무 똑같아!' 그 진단 기준에는 '식은땀이 난다, 질식할 것 같은 느낌이 든다.'처럼 익숙한 증상들이 쓰여 있었기 때문이다.

고통스러운 경험 하나가 떠올랐다. 지하철을 타고 있었다. 목적지에 도착하려면 제법 남았었는데 갑자기 숨이 잘 쉬어지지 않았고 식은땀이 나기 시작했다. 약속 시간에 늦을세라 힘껏 참아 봤지만 헛수고였다. 묘하게도,

증상은 참을수록 더 심해졌다. 머리는 어지러웠고 피부까지 따끔거려서 다음 역에 내릴 수밖에 없었다. 나는 승강장 의자에 앉아서 증상들이 사라질 때까지 한참을 기다린 후에야 지하철에 다시 탈 수 있었다. 이 죽을 뻔한 경험을 의사에게 털어놓으면 진단명이 바뀔지도 모른다. 내가 말했다.

"저 공황 장애 같아요."

의사는 깍지 낀 손으로 턱을 받치면서 내 이야기를 듣고 있었다. 깍지 사이에는 싸구려 수성펜이 거꾸로 들려 있었다. 펜촉이 의사의 얼굴에 닿을까 봐 걱정스러웠지만, 진료가 끝날 때까지 닿지는 않았다. 의사는 특유의 뚝뚝한 말투로 말했다.

"아닙니다. 임부영 씨는 양극성 장애예요."

단호하고 단호한 태도였다. 허점 없는 단호함에 진단에 대한 의문을 빠르게 단념할 수 있었다. 그렇지만 분명히 숨이 잘 쉬어지지 않았다. 공황 장애라고 의심하게 된 것도 지하철에서 숨이 잘 안 쉬어졌기 때문이었다. 최근엔 자려고 눕기만 해도 가슴이 갑갑하고 숨이 막혀 올 정도로 증상은 더 심해졌다. 이것이 공황 장애의 증상이 아니라면 몸에 문제가 생긴 것이 틀림없다. 내가 말했다.

"공황 장애가 아니라면 폐가 고장 난 것 같은데요?"

"잠깐 이쪽으로 와보세요."

의사는 여태껏 한 번도 선보인 적 없던 청진기를 어색하게 들어서는 내 등에 갖다 댔다. 그리고는 숨을 크게 쉬어 보라고 했다. 나는 할 수 있는 만큼 가슴을 당겨 큰 숨을 들이마셨다. 의사는 청진기를 등판 구석구석 갖다 댔고 스테인리스의 차가운 감촉에 내 머리털만 쭈뼛 서는 것 같았다. 의사는 유쾌한 분위기를 풍기며 말했다.

"아주 깊이 숨이 잘 쉬어집니다. 건강해요."

공황 장애도 아니고 폐의 문제도 아니라는 의사의 말이 답답했지만, 나는 무조건 건강한 게 최고라던 엄마의 말을 되뇌며 안도의 숨을 크게 내쉬었다. 그리고 그날만큼은 아무 문제 없다는 의사의 말 때문인지 하루 종일 숨이 잘 쉬어졌다.

그 후로 몇 달이 더 지났을까. 흥분되거나 고양되는 양극성 장애의 증상은 없었고 상당히 오랜 시간 무기력했다. 정신과나 상담 센터를 가는 날을 제외하고는 침대를 벗어나는 일이 없었으니 침대와 한 몸이 됐다고 봐도 무방할 것이다. 이번에는 정말로 양극성 장애라는 진단이 잘못됐을지도 모른다는 의문을 품고 진료실 문을 열었다. 그렇지만 확실히 해 두어야 할 것은 의사의 능력이 미심쩍어서 그런 행동을 반복한 것은 아니었다. 나는 의사의 전문성을 신뢰하고 있었다. 의문을 품은 건 그저, 심각한 진단을 받은 환자의 현실을 도피하고픈 작은 방황쯤 될 것이다. 의사에게 비슷한 이야기를 또 꺼낸다는 게 미안했지만 나는 무릅쓰고 말했다.

"저 아무래도 우울증 같아요."

의사는 내 말이 채 끝나기도 전에 이전보다 묵직한 단호함으로 말했다.

"아닙니다. 임부영 씨는 2형 양극성 장애예요."

나는 그날 이후로 진단명에 대해 어떤 의문도 품지 않았다. 의사의 말에 따르면 나는 분명하고 확실한 제2형 양극성 장애(양극성 장애는 1형과 2형으로 나뉘는데, 1형은 조증 삽화, 2형은 경미한 조증 삽화가 나타난다.)였다. 그러나 한쪽 구석이 여전히 찝찝했다. 어떻게 마음에 들 수 있겠냐마는 '양극성 장애'라는 진단명이 도통 내키지 않았기 때문이다. 내가 너무 많은 걸 기대한 걸까. 그들은 나를 양극성 장애 환자라고 부르지만, 그 진단 아래 나열된 단순한 증상은 나의 삶과 괴로움을 다 담아내지 못했다. 나에겐 복잡한 삶의 역사가 있었고 그 역사의 자취는 나를 괴롭게 했으며, 나는 거대한 괴로움에 짓눌려 원하는 삶을 살아내지 못하는 사람일 뿐이었다.

2부

마음을
삼키는 습관

어떻게 불러 드리면 될까요?

상담 센터는 지하철로 두 정거장 떨어진 곳에 위치했
다. 20분이면 도착했기 때문에 무기력을 핑계로 자주 늦
장을 피우는 나에겐 제격이었다. 이모가 상담 센터를 어
떤 방식으로 알게 됐는지 모르지만, 그곳은 아동, 청소년
을 대상으로 하는 기관이었다. 성인 상담도 하긴 했지만,
전체적인 인테리어만 봐도 아동, 청소년에 초점이 맞춰져
있다는 것을 알 수 있었다.

유리문을 밀고 들어가면 맑은 종소리가 울린다. 종소
리는 의기소침한 나를 대신해 내가 도착했다는 것을 센터
직원들에게 전해준다. 문 앞에서 슬리퍼로 갈아 신고 다
섯 걸음 정도 가면 안내 데스크가 있고 그 오른쪽에는 네,
다섯 명쯤 앉을 수 있는 가죽 소파가 있다. 가죽 소파 앞
에는 노란색 플라스틱으로 된 작은 테이블이 있었고 그

위에는 아이들이 가지고 놀 수 있는 장난감 블록이 널브러져 있다. 테이블 왼쪽에 있는 나무책장에는 책들이 가지런히 꽂혀 있는데 대기하는 내담자들을 위해 비치되었을 것이다. 아이들이 좋아하는 만화 학습지부터 동화책, 추리 만화까지 다양했다.

짧고 좁은 복도를 기준으로 양쪽에 두 개씩, 총 네 개의 방이 있었는데 나는 그중에서 복도 제일 끝에 있는 방에서 상담을 받았다. 상담실에서는 나와 상담사의 목소리만 울렸고 다른 어떤 소리도 들리지 않았다. 간혹 아이들이 복도를 시끄럽게 뛰어다니면 그것을 짐작할 수 있을 정도의 잡음만 들릴 뿐이었다.

센터에 처음 방문한 날은 심리 검사만 받았기 때문에 상담사를 보지 못했고 그 다음 주나 돼서야 상담사를 만날 수 있었다. 상담사는 외모만으로는 몇 살인지 가늠하기 어려웠다. 나보다 나이가 많은 것은 분명했지만 그가 몇 살이나 되었는지는 지금까지 알지 못한다. 나중에야 고등학생의 자녀가 있다는 이야기를 들었고 그것으로 대략의 나이를 추측할 뿐이었다. 상담사는 어깨까지 내려오는 굵은 웨이브 머리에 안경을 쓰고 있었고 옷은 패

턴이 들어간 블라우스를 자주 입었으며 치마를 입는 일은
거의 없었다.

상담실에 처음 들어갔을 때 간단한 목 인사 후 의자에
앉았다. 어색함 속에 잠시 적막이 흘렀다. 그 적막은 내
긴장감을 타고 흐르는 것 같았다. 모르는 사람과 밀폐된
공간에 단둘이 있는 상황은 역시나 긴장을 안 할 수 없다.
곧 의미 없이 '안녕하세요.'라는 인사를 나누긴 했지만 그
래도 그 긴장감은 해소되지 않았다. 상담사가 부드러운
억양으로 물었다.

"어떻게 불러 드리면 될까요?"

상담사가 나에게 던진 첫 번째 질문이었다. 상담사는
내 이름이 적혀있는 접수 면접지를 눈으로 확인했지만,
자신의 선택으로 내 호칭을 정하지 않았다. 상담사의 질
문에 나를 부르는 다양한 호칭들이 뇌리를 스쳤다. 엄마
가 부르는 부영아, 동생들이 부르는 언니와 누나, 친구들
이 부르는 유치한 별명들, 모르는 사람이 부르는 학생, 혹
은 저기요 등등. 지금껏 불려 왔던 호칭 중에 상담사가 부
르기에 적당한 것은 없어 보였다. '부영아'라는 호칭도 생
각해봤지만 아무래도 어린애 취급을 받는 기분이라 그만
두었다. 나는 어른들이 자주 쓰는, 그리 가깝지도 멀지도

않은 애매한 거리감이 느껴지는 호칭을 생각해 냈다. 내가 말했다.

"그냥 부영 씨라고 불러 주시면 될 것 같네요."

그리고 상담사에게 '어떻게 불러드리면 될까요?' 같은 상냥한 질문은 하지 않았다. 나는 서슴없이 퉁명스럽게 말했다.

"저는 그냥 뭐… 선생님이라고 부르면 되겠죠?"

건방지고 성실한 내담자

상담실에서는 늘 다리를 꼬고 옆으로 앉았다. 말투는 퉁명스러웠고 말의 내용은 성의 없었으며, 태도는 건방졌다. 상담사와 눈도 마주치지 않았고 땅을 보거나 허공을 응시하며 딴청을 피운 적도 여러 번이었다. 그러나 상담사를 곤란하게 하려고 의도한 것은 아니었다. 나를 보호하기 위해 저지른 무의식적인 행동이었다. 최악의 모습을 보여도 내 옆에 남아 줄 수 있는지, 믿고 내 마음을 보여도 되는지 판단하기 위해 상담사를 시험한 것이다.

상담사는 항상 같은 질문을 던졌다.

"잘 지냈나요?"

나는 건조하게 대답했다. 물론 옆으로 앉아서.

"네."

짧은 정적이 감돌았다. 상담사는 입술을 모아 고심하

는 표정을 지어 보이고는 말했다.

"어떻게 보냈나요?"

어떻게 보냈냐는 질문은 '잘 지냈나요.'와 달리 단답형으로 대답할 수 없어서 번거로웠지만, 나는 성의 없는 대답을 찾으려 머리를 바쁘게 굴렸다. 그리고 불만스럽게 말했다.

"그냥 친구들 만나고 뭐 놀고 자고 그렇죠."

대답이 끝나면 상담사 머리 뒤를 바라봤다. 걸려 있는 촌스러운 시계가 잘 가고 있는지, 분침과 초침을 멍하게 응시했다. 그렇게 딴청을 피우고 있으면 상담사는 곧 다른 질문을 던졌는데 대개 더 깊은 것을 묻는 내용이었다. 나를 허공으로 도망 못 치게 하려는 속셈이었을 것이다. 상담사가 말했다.

"힘든 일은 없었어요?"

그럼 나는 그날의 기분에 따라 대답했다. 내키면 있다고 말했고 내키지 않으면 없다고 했다. 힘들어서 며칠을 울었어도 괜찮다고 말할 때가 더 많았지 싶다.

"별로 없었어요."

짧은 대답을 대충 내뱉고 책장으로 눈길을 돌렸다. 저

번 주와 다른 자리에 꽂혀 있는 책을 눈으로 들추어내며 시간을 죽였다. 머릿속에서는 책 제목들을 이어 붙여 엉뚱한 끝말잇기를 만들기도 했다. 그럼에도 상담사는 포기하는 법이 없었다. 짐작건대 상담 시간에 대한 의무감이나 책임감 같은 게 있었을 것이다. 직업이 상담사이니 그럴 만도 하고, 내가 지불하는 비용 때문에 더 그러지 않았을까 싶다. 상담사는 못마땅한 기색 없이 물었다.

"그럼 오늘 어떤 얘기를 하면 좋을까요?"

질문이 '그럼 오늘 어떤 얘기를 하면 좋을까요?'와 같이 긴박하게 이어질 때면 상담사가 안쓰러울 때도 있었지만, 나는 줄곧 비협조적이었다. 용기 있게 마음을 열어 보일 수 없었다. 나를 지키기 위해 상처의 가능성으로부터 멀리 달아나야만 했다.

나는 그렇게 건방진 태도로 상담실을 찾았다. 초반 20회기쯤은 그랬던 것 같다(이후엔 태도가 달라졌지만). 시간으로 환산해 보면, 1회기 당 50분이기 때문에 20회기는 1000분이나 되는 아주 긴 시간이다. 놀라운 것은 건방진 태도로 상담을 받으면서도 빠진 적은 결코 없었다는 것이다. 빠진 적은커녕 지각조차 하지 않았다. 상담사에게 선을 긋다 못해 적개심을 드러내면서도 성실하게 상담실을 찾았던 이유는 무얼까. 나는 성실한 내담자였다.

정신과 진료는 2주에 한 번씩이었다. 초기에는 1주일에 한 번씩 진료를 봤지만, 약물 반응이 안정적이어서 2주에 한 번으로도 충분했다. 병원에서는 보통, 수납하면서 다음 진료 시간을 정하기 때문에 모든 진료는 2주 전에 예약한 셈이 된다. 그런데 한참 전에 한 예약도 무색한 경우가 있다. 앞서 들어간 환자가 괴로운 일이라도 생긴 날에는 시간이 밀릴 수밖에 없었고 한 시간 정도 대기해야 할 때도 있었다. 그날은 적당히 삼십 분 정도 기다렸다가 진료실에 들어갔다. 그리고는 의자에 앉자마자 물었다. 질문을 벼르고 준비해 온 것처럼 말이다.

"선생님 저는 나을 수 있나요?"

그때 간절한 눈빛이 새어 나왔을 것이다. 정말 죽을 것처럼 괴로운 날이 많았고 어떻게든 이 괴로움을 끝내야만 살아갈 수 있다고 생각했으니까. 의사는 간절한 눈빛에 흔들리지는 않았다. 내 주치의는 완치를 묻는 환자에게 능숙하게 대처할 만큼 오랜 경력이 있었다. 동정심에 흔들려 낙관적인 답변을 하는 것은 풋내기 의사들이 하는 실수일 것이다. 의사는 강경하면서도 무덤덤한 태도로 답했다.

"완전히 나을 수는 없고 평생 관리하면서 살아야 해요. 증상이 심해지지 않게요."

의사의 냉정한 답변을 듣고 고개가 힘없이 떨궈졌다. 나는 집에 도착하자마자 약을 입에 털어 넣었다. 약 기운은 삽시간에 온몸으로 퍼졌다. 말라버린 스펀지가 물을 빨아들여 무거워지는 것처럼 몸이 축 늘어졌다. 그러나 약 기운도 소용없이 절망은 커져만 갔다. 나는 '털썩' 소리가 날 정도로 침대에 세차게 누웠다. 누운 이마 위에서는 생각들이 뒤엉키기 시작했다.

'병이 낫지 않는다는 것은 내가 심각한 불치병에 걸렸다는 소리잖아. 그러니까 내 머리가 고장 났다는 거야. 그건 이 독한 약을 먹으며 평생을 불행하게 살아야 한다는 뜻이겠지. 나에겐 희망이 없어.'

뒤엉킨 생각들을 헤치고 핸드폰을 꺼내서 '양극성 장

애의 완치'를 포털 사이트 이곳저곳 검색했지만 완치된 사례는 찾아볼 수 없었다. [기질적인 원인이 높은 정신질환으로 약물 복용을 중단하면 재발할 가능성이 높고…]라는 글 따위를 읽으며 의사의 말이 냉정한 사실이라는 것만 재차 확인할 뿐이었다. 나는 절망 속에서 밤새 뒤척였다. 절망이 숙면에 지독한 방해꾼이라는 것을 처음으로 알게 된 날이다.

다음 날 상담 시간에 맞춰 여유 있게 집을 나섰다. 도착하는 짧은 시간 동안 절망감은 절박함으로 빠르게 바뀌어 갔다. 상담사만이라도 다른 대답을 해 주기를, 일말의 희망을 얻을 수 있기를 간절히 바랐다. 절박함은 건방진 태도와 어울리지 않았다. 나는 다리를 꼬지 않았다. 무릎을 붙이고 의자에 앉았다. 그리고 상담사에게 물었다. 나의 역사적인 첫 질문이었다.

"병원에서는 제가 나을 수 없다는데요…. 선생님도 그렇게 생각하세요? 저는 달라질 수 없나요?"

갑자기 바뀐 내 태도를 보고 상담사는 어떤 생각을 했을까. 상담사의 눈썹 앞머리 쪽에 가벼운 힘이 들어가는 게 보였다. 상담사가 평소보다 굵고 낮은 목소리로 말했다.

"저는 부영 씨가 다르게 살 수 있다고 생각해요. 만약 사람이 달라질 수 없다면, 저는 상담사가 되지 않았을 거예요. 그런 세상에서 상담사가 존재할 의미는 없으니까요."

상담사가 침을 꼴깍 삼키고 깊은숨을 몰아쉬었다. 그리고 다시 한번 또박또박 말했다.

"분명히 다르게 살 수 있어요."

상담사가 나를 바라봤다. 상담사의 눈은 따뜻하면서도 확신에 차 있었다. 아마 이날부터였을 것이다. 다리를 꼬지 않고 상담사와 눈을 마주치며 나의 마음을 꺼내기로 결심한 날이. 그날 본 상담사의 눈빛은 절망 속에서 잠을 설쳤던 나에게 한 줄기 희망이었다.

그렇다면 절망도 선택인가요?

정말 다르게 살고 싶었고 그렇게 바랐지만, 마음만으로 바뀌는 것은 없었다. 내가 할 수 있는 거라고는 잠을 자든 술을 마시든 잠깐이나마 괴로움을 잊어 내는 것뿐이었다. 그것은 사는 게 아니었고 기껏해야 하루를 견뎌내는 것에 불과했다. 괴로운 하루가 쌓여 한 달이 되고 일년이 되다 삶이 되었을 때 나는 알았다. 더는 견뎌낼 힘도 내게 남지 않았다.

나에겐 상담사를 믿는 것 외에 다른 수는 없었다. 그는 다르게 살 수 있다고 말해 준 유일한 사람이었으니까. 그래. 상담사라면 괴로움의 굴레에서 벗어나게 해줄 수 있을지도 몰라. 그가 구태여 상담사가 된 것도 그만한 이유가 있지 않겠어? 상담만 잘 받는다면 행복해지는 것도 시간문제일 거야. 이런 허황된 생각들이 머릿속을 어지럽게 떠돌아다녔다.

이제 와 돌이켜 보면 허황된 생각들은 내 의존심에서 기인한 것이다. 그러나 내담자가 상담사에게 의존심이 생기는 것은 특별한 일은 아니며 의존심이라도 상담을 받는 계기가 된다면 나쁜 일도 아닐 것이다. 이유가 어떻든 상담에 적극적으로 임하게 됐으니 좋은 일이었다.

나는 조금 격앙된 목소리로 말했다.

"어떻게 다르게 살 수 있죠? 저는 이렇게 망가져 있는데요."

상담사는 침착한 톤을 유지하며 말했다.

"부영 씨가 멈출 수 있어요."

고민하는 기색 없이 대답하는 상담사의 태도를 보고 속에서 뭉클한 무언가가 올라왔다. '겪어 보지도 않고 쉽게 말하지 마세요. 그렇게 쉽게 멈춰진다면 제가 이렇게 살겠어요?' 그건 작은 반항심이었다. 그러나 상담사에게 굳이 표현하지는 않았다. 마음속에서 일어나는 것을 일일이 다 표현했다가는 버릇없는 사람으로 내비칠 수 있어서였다. 나는 속내를 들킬까 봐 억지로 태연한 표정을 지어 보였다. 다행히 눈치채지는 못한 것 같았다. 상담사는 몇 초간 뜸을 들이더니 말을 꺼냈다. 어린아이를 다루는 것처럼 과장된 억양으로.

"지금 살고 있는 방식도 결국 부영 씨의 선택이에요. 그러니 다른 선택도 할 수 있는 거죠."

나는 누구에게든 줄곧 주장해 왔다. '술이나 마시고 침대에 누워서 시간을 보내는 것은 괴로움에 빠져 어쩔 수 없이 그렇게 돼 버린 것입니다. 저의 책임이 아니니 봐주세요.'라고. 상담사의 말에 따르면 지금의 한심한 삶도 결국은 나의 선택이라는 것이다. 상담을 받다 보면 괴로움을 핑계로 벌인 일들이 궁색한 변명으로 둔갑할 때가 있었는데 그럴 때면 상담사가 모질게 느껴졌다.

상담사는 능숙하게 A4용지 한 장을 꺼내서 책상 위에 올려 주었다. 마치 '선택'에 대한 우리의 대화를 예상한 것처럼 자연스러운 동작이었다.

좋은 선택
1. 기분이 좋다.

2. 유용하다.

3. 자신의 욕구 충족이 된다.

4. 타인의 욕구 충족도 되게 한다.

5. 건설적이다.

6. 항상 발전 지향적인 변화를 추구한다.

7. 지금의 행동은 나의 양심과 하느님 앞에서 후회하지 않을 것이다.

나중에 상담 심리학을 공부하면서 알게 됐는데 상담사가 내어준 '좋은 선택'은 윌리엄 글래서가 창시한 현실 치료에서 중요하게 다뤄지는 내용이었다.

나는 상담사가 지켜보는 앞에서 좋은 선택의 조건들을 눈으로 천천히 읽어 내려갔다. 매일 술이나 마시고 침대에 누워서 시간을 때우는 것은 어떤 걸까? 아마도 1번(기분이 좋다.)과 3번(자신의 욕구 충족이 된다.)에 해당될 것이다. 그러나 절대로 유용하거나 건설적이거나 발전 지향적인 것은 아니었다. 특히 7번은 턱없이 아니었다. '지금의 행동은 나의 양심과 하느님 앞에서 후회하지 않을 것이다?' 내 선택들은 오히려 후회할 일에 가까웠다. 한심한 내 모습을 양심과 하느님이 크게 비웃을 것만 같왔다.

나는 본래 엄격한 사람을 좋아하지 않는다. 지금도 그렇고. 엄격한 사람과 같이 있으면 피곤이 더 빨리 몰려오기 때문이다. 윌리엄 글래서는 엄격한 사람일지도 모르겠다. 좋은 선택의 조건들을 다 읽고 나니 벌써부터 피곤이 몰려왔으니까. 상담사가 조심스럽게 말했다.

"꼭 지켜야 하는 것은 아니에요. 혹시 요즘 하는 선택 중에 이 조건들을 충족하는 것이 있나요?"

최근 일주일을 떠올리며 머리를 굴렸다. 무엇이 충족할까? 어떤 선택들이 있을까? 그렇지. 맞다. 상담. 상담은 술 마시고 TV를 보며 빈둥대는 것과는 결이 달랐다. 매주 상담을 받으러 가는 것은 나의 선택이며 기분이 좋고 유용하고 욕구 충족이 되고 건설적이고 발전 지향적이며 하느님 앞에서 후회하지는 않을 일이었다. 하지만 어쩐지 부끄러운 마음이 들어 상담사에게 말하지는 않았다. 나는 얼마간 우물쭈물하며 딴청을 피우다가 혹시 이 종이를 가져가도 되는지 물었다. 상담사는 눈을 동그랗게 뜨더니 당연한 것을 묻는다며 미소를 띠었다. 그리고 종이를 냉큼 건네주었다.

나는 한 달가량 그 종이를 가방에 넣어 다녔다. 좋은 선택으로 다른 삶을 살고 말겠다는 포부로 가방에 넣어 다닌 것이지만, 조건이 너무 엄격하여 충족할 때보다 그렇지 못할 때가 훨씬 많았다. 솔직히 말하자면 상담사가 된 지금도 지키지 못할 때가 더 많다. 그리고 나는 모든 것이 본인의 선택이고 책임이라는 윌리엄 글래서의 말에 부분적으로 동의하지만, 다 그렇다고 생각하지 않는다.

마음을 삼키지 말아요

상담사는 내 마음의 상태를 주인인 나보다 궁금해했다. 어떻게 생각하고 느끼는지 쉼 없이 물어왔다. 그 질문은 상담이 종결될 때까지 계속됐다. 상담실에서 나눈 이야기는 두 가지 중에 하나인데 며칠간 있었던 최근의 일이나, 오래됐지만 인상 깊었던 일을 말하게 된다. 자연스럽게 그렇게 돼 버린다. 상담사는 어떤 이야기든 상관하지 않고 항상 내 생각과 감정을 물었다.

"지금 얘기하면서 무엇이 느껴지나요?"

상담사는 마음을 들여다볼 시간을 여유 있게 주는 편이었지만 나는 제대로 답하지 못했다. 시간이 부족한 탓은 아니었다. 아마 하루를 줘도 대답하지 못했을 것이다. 마음은 내 안에서 분명히 호흡하고 있었지만 무엇을 품고 있는지 쉽게 가르쳐 주지 않았다. 나는 확신이 없어서 의문형으로 대답하거나 생각과 감정을 혼동하여 말하기도 했다. 내가 말했다.

"모르겠어요….."

그러자 상담사가 물었다.

"언제부터 마음을 몰랐던 것 같나요?"

그 순간, 엄마와 나눈 대화가 떠올랐다. 나는 어렸을 때의 기억이 대부분 없다. 내 머리가 어떻게 된 건지, 강렬한 몇 개의 기억을 빼놓고는 다 삭제가 돼버렸다. 나는 하는 수 없이 엄마의 기억을 의지했다. 엄마가 내 어린 시절을 얘기할 때면 귀담아들었다가 흩어진 기억들과 붙이면 무난한 과거를 만들 수 있었다. 엄마는 종종 말했다. 내가 아주 어렸을 때부터 잘 참았다고 말이다.

"제가 애기 때부터 말을 잘 안 했대요. 엄마가 말하기로는 열이 펄펄 끓어서 기절할 정도였는데도 울지 않고 꾹 참았다고 했어요. 마음을 모르는 게 이것과도 관련이 있을…까요?"

상담사의 안경테 너머로 보이는 눈썹 굴곡이 약간 찡그려졌다. 꾹 참았다는 내 과거가 좋은 일은 아니라는 뜻일 것이다. 상담사가 잠시 뜸을 들이더니 말했다.

"관련이 없을 것 같지는 않네요. 이유야 어쨌든 애기 때부터 마음을 숨겨 왔다면 익숙해졌을 테고. 나중에는 마음을 알기 힘들어질 수밖에 없겠죠."

그때 상담실의 하얀 벽면 위로 하나의 장면이 펼쳐졌다. 다섯 살 무렵이었다. 아빠는 신발을 사 주겠다며 나를 동대문으로 데리고 갔다. 처음 가본 동대문 시장은 엄청났다. 발에 꿸 수 있는 모든 종류를 모아놨다고 해도 과언이 아닐 만큼 가게마다 신발이 수북이 쌓여 있었다.

나는 포개진 신발 틈에서 눈에 쏙 들어오는 구두를 어렵지 않게 발견할 수 있었다. 빨갛고 동그란 코를 가진 구두. 그 구두의 둔탁하고 귀여운 모양에 금세 마음을 뺏겼다. 아빠가 나를 내려다보며 물었다. "혹시 마음에 드는 것 있니?" 그렇지만 나는 고개만 절레절레 흔들었다. 마음이 목구멍에 막혀서 말 대신 땀으로 삐질삐질 나왔다. 나는 동대문에 있는 모든 가게를 돌아다니며 고개만 절레절레 흔들다 집으로 돌아왔다. 답답하다. 나는 왜, 어째서, 그토록 많은 마음을 삼킨 걸까. 아팠을 때 울지 못한 나에겐 무슨 사정이 있었던 걸까. 그때 상담사의 낯익은 목소리가 들려왔다. 그 소리와 함께 어린 시절로 흘러간 정신이 상담실로 돌아왔다.

"아픈 것을 내색해서는 안 되는 이유가 있었을 텐데…
도움을 요청하지 못했던 이유가…."

상담사의 말에 어떤 반응도 하지 못하고 몇 초간 멍하
게 앉아 있었나 보다. 상담사가 침묵을 가르며 말했다.

"부영 씨."

"네."

짧고 간결한 내 대답이 고요하게 울려 퍼졌다. 그리
고 상담사가 말했다.

"입안에 든 것을 뱉지 않으면 어떻게 될까요?"

마음은 음식일지도 모르겠다. 수명이 짧아서 빨리 처
리하지 않으면 상해 버리는 신선한 음식. 기한 내에 뱉지
못한 마음은 짧은 유통기한이 지나 버린다. 그러다 입안
에서 상할 것이고 시간이 더 지나면 썩은 내를 풍길 것이
다. 내 입안에 상한 마음들이 갇혀있는 꼴이라니. 아마도
그 마음들을 삼킨다면 굉장히 끔찍한 일이 일어날 것이
다. 아니다. 벌써 수없이 삼켰겠지. 마음을 뱉는 방법을
몰랐던 나는 삼키는 짓을 계속해왔을 테니까. 나는 잠시
망설이다가 답했다.

"…썩을 것 같아요. 뱉지 못한다면 삼키게 되겠죠."

나는 한숨을 크게 내쉬었다. 그리고 이어서 말했다.

"썩은 것이 배에 가득 차고 말 거예요…."

상담사는 나를 위로해주듯 다정한 목소리로 말했다.

"이제부터는 마음을 삼키지 말아요."

마음과 말의 간극만큼
공허감이 생겨요

할 얘기가 미리 준비된 날도 있었는데 그런 날은 의자에 앉자마자 거침없이 이야기를 풀어 놓았다.

"저번 주 목요일에 친구를 만났어요. 같이 밥을 먹기로 했거든요. 그래서 만났죠. 제가 쌀국수가 먹고 싶었어요. 근데 말을 못 하겠더라고요. 어렸을 때처럼요."

내 머릿속은 다양한 생각들로 복잡했으며 생각의 흐름 또한 굉장히 빨랐다. 생각을 따라 의식 없이 뱉다 보면 말이 걷잡을 수 없이 빨라지기도 했고 주제가 생뚱맞게 옮겨 갔으며 산만해지기 일쑤였다. 나는 정신없게 빨라진 말을 알아채고는 잠시 숨을 골랐다. 그리고 종이컵에 타 놓은 뜨거운 녹차를 한 모금 마시고 일부러 천천히 말했다.

"…그러니까 친구가 뭐가 먹고 싶냐고 물어보는데… 대충 아무거나 말해버렸어요… 냉면을 먹자고요… 정말 한심하죠."

　마음을 삼키는 짓은 갈수록 심해지고 있었다. 심해진 게 아니라면, 삼킨다는 것을 안 뒤로 그것이 눈에 더 잘 띄는 단순한 현상인 걸까? 나는 들키지 않고 마음을 삼켜 내기 위한 여러 기술을 습득해 왔다. 마음과 전혀 다른 말들을 그럴듯하게 늘어놓는 것이 대표적이다. 당당한 말투로 태연하게 말하면 사람들은 그 자신 있는 태도에 쉽게 속아 버린다. 그 아래엔 진짜 마음이 숨겨져 있다는 것은 상담사 외엔 아무도 모를 것이다. 상담사가 말했다.

　"먹고 싶은 음식을 얘기하지 못해서 한심하다고 생각하는군요…."

　상담사가 내 마음을 되돌려 읽어 주었다. 어렵게 꺼낸 마음이 사라지는 것을 막기 위해서일 것이다. 느린 속도로 상담사가 물었다.

　"왜 말하기 힘들었나요?"

　나도 상담사의 속도를 따라 천천히 답했다.

　"누가 제 마음을 아는 게 싫어요. …그 마음이 뭐였든 간에 비웃을 것 같아요."

어린애처럼 투정을 부리는 듯한 말투였다. 상담사가 뺨을 긁적이더니 더 느리게 말했다.

"마음을 알게 되면 비웃을 것 같았군요. 그런데 부영 씨. 마음과 말이 일치되지 않으면 그 벌어진 간극만큼 공허감이 생겨요."

상담이 끝나고 지하철을 탔다. 귀가 뻐근했다. 상담사의 말이 귀에서 반복 재생되는 것 같았다. '마음과 말이 일치되지 않으면 벌어진 간극만큼 공허감이 생겨요.' '마음과 말이 일치되지 않으면 벌어진 간극만큼 공허감이 생겨요.' 이제부터라도 마음과 일치되게 말한다면 이미 생긴 공허감은 채워질 수 있을까, 아니면 어쩔 수 없으니 받아들여야 하는 걸까. 가슴이 점점 갑갑해졌다.

집에 도착했다. 일단 잠이라도 자야겠다고 침대에 누웠다. 눈을 감으니 지난 목요일. 친구와 함께 있던 내 모습이 그려졌다. 그런데 그 이야기 끝엔 그동안은 몰랐던 내 모습이 펼쳐지기 시작했다.

나는 친구에게 딴지를 걸고 있었다. 친구가 먹고 싶은 음식을 꺼내 놓을 때마다 '그건 며칠 전에 먹었어.', '매운

건 별로 안 땡기네.'라는 솔직하지 못한 말들로 친구의 제
안을 막무가내로 방해하고 있었다. 순간 얼굴이 화끈했
다. 내 행동이 소름 끼치게 싫었고 창피했다. 때마침 상
담사의 말이 떠올랐다. 나는 그것을 잊지 않기 위해 노트
를 꺼내 적었다.

[원하는 것을 말하지 않으면 그것을 다른 방식으로 얻
어내기 위해 타인을 통제하거나 상황을 조종하게 된다.
그리고 명심하자. 불순한 의도로 통제하고 조종하는 것
은 애초에 가능하지도 않다.]

노트를 머리 옆에 덮어놓았다. 그리고 상담사가 그날
막바지에 들려줬던 이야기를 떠올리며 잠이 들었다. 작
은 푸들 이야기다.

'부영 씨. 작은 푸들 한 마리가 있었어요. 그런데 그
푸들은 큰 개를 만나면 무서워서 바짝 움츠리기도 했고
좋아하는 간식이 주어지면 기뻐서 어쩔 줄 몰랐거든요.
사람들은 그 푸들을 보면서 무슨 생각을 했을까요?'
'글쎄요….'
'우습다거나 귀엽다거나, 사람들의 생각은 다 달랐지만

요. 푸들은 사람들이 어떻게 생각하든지 자신을 드러내
며 사는 게 행복했대요.'

비난은 마음에 빚을 만든다

"저는 어렸을 때부터 많이 맞기도 했지만, 비난을 정말 많이 들었죠."

상담사가 나를 안쓰러운 눈빛으로 바라봤다. 많은 내담자가 그렇듯 나 역시 부모님에 대한 원망을 감당할 수 없을 만큼 쏟아 내곤 했다. 지난 일을 다시 꺼내 놓자면 상처가 상기되어 괴로웠지만, 그렇다고 본래 괜찮았던 양 시치미뗄 수도 없는 노릇이었다. 애써 묻어 놓은 노력에도 상처는 끈질겼다. 무질서하게 나를 집어삼키는 고통의 늪 같았다. 상담사가 조심스럽게 물었다.

"비난의 내용이 무엇이었는지 얘기해 줄 수 있나요?"

"한심하다. 뭐 이런 거예요. 니까짓게 뭘 해낼 수나 있겠어? 이런 말이죠⋯."

특히 아빠는 모든 말이 부정이었고 비난이었다. 뉴스

를 볼 때도 밥을 먹을 때에도 시시때때로 그랬는데 그 화살이 나를 향할 때면 분노가 차올라 자주 대들게 됐다. 목소리 높여서 따지고 들면 아빠는 과격한 욕을 하거나 매를 들고 와 때리곤 했다. 대들지 못하게 하려고 폭력을 쓴 것인데 그럴 때는 벌벌 떨다가 금방 꼬리를 내릴 수밖에 없었다. 그때 알았다. 폭력은 분노를 삼키고 싹싹 빌게 할 만큼 그 영향력은 아주 무지막지한 것이다. 나는 지금도 아빠와의 문제가 완전히 해결되지 않았다. 아빠의 일상적인 작은 자극, 밥을 먹는 소리나 화장실 가는 소리에도 신경질이 날 때가 많다.

신경질이 나는 것도 괴로운 일이지만 아빠의 언어 습관을 닮은 것은 가장 날 힘들게 했다. 이제는 아빠 없이도 스스로 한심하다는 말을 해대니 나 역시 비난의 말을 깊이 익혀 버렸다. 사람들은 이따금씩 아빠와 내가 너무 닮았다는 말을 하곤 했는데 그런 날에는 더할 나위 없이 기분이 확 상해 버린다. 상담사가 말했다.

"비난의 말은 엄청난 힘을 가지고 있어요."

아주 작은 비난에도 지나치게 흥분할 정도로 그 힘에 대해서 익히 알고 있었지만, 상담사의 단호한 말에 말문이 턱하고 막혔다. 상담사는 내가 안쓰럽게 느껴진다고 해서 해야 할 말을 아끼는 사람은 아니었다. 상담사가 이어 말했다.

"한 번의 비난… 부정적인 이야기를 해소하기 위해서는 스무 번의 긍정적인 이야기가 필요할 정도니까요."

상담사의 말에 따르면 100번의 비난을 들었다면 2000번의 긍정적인 말로 그것을 해소할 수 있다는 것인데 내가 들은 비난의 말은 1000번도 부족하고 아무리 떠올려도 정확히 셀 수가 없을 정도이며 정확히 셌다고 하더라도 스무 번을 곱하면 도대체 얼마나 불어날 것인가. 이런 것을 천문학적이라고 하는 것이지 않을까라는 생각에 다다랐을 때 상담사가 말했다.

"부영 씨가 자신에게 긍정적인 말을 해 주는 게 가장 빠를 것 같기는 하네요."

그리고 그날. 유리문을 밀고 터벅터벅 걸어 나오면서 생각했다. 한 번의 비난을 해소하기 위해 스무 번의 긍정적인 말이 필요하다면 비난은 마음에 빚을 만드는 것과 같다고. 그러다가 엄마와 가깝게 지내던 친구 한 분이 떠올랐다. 그분은 몇 번의 사업 실패로 빚이 많았다고 한다. 몇 년 뒤 우여곡절 끝에 사업이 번창하여 집을 몇 채

나 살 정도로 부자가 됐지만, 엄마는 볼멘소리 말했다. 친구가 오히려 이전보다 돈에 더 집착하게 돼서 너무 답답하다고 말이다.

나도 그렇게 된다면 어쩌지? 마음에 있는 빚을 갚기 위해 발버둥 치다가 마침내 빚을 다 갚았을 때 긍정적인 말에 더 집착하게 되는 것은 아닐까. 괜한 걱정이 앞을 가렸다. 그 순간 거실에서 아빠의 날 선 목소리가 들려왔다.

"저것들은 자식이라고 있어봤자 소용이 없어."

문밖에서 들리는 아빠의 말이 송곳이라도 달린 것처럼 머리를 쑤셔 대는 것 같았다. 나는 격렬하게 몸서리치며 이불을 뒤집어썼다.

그리고 나에게만 간신히 들릴 만한 목소리로 중얼댔다.

"아빠. 아빠가 그렇게 비난을 많이 한다는 것은 그만큼 비난을 들었기 때문이야? 그렇다면 아빠도 마음의 빚을 짊어지고 사는 거야? 혹시 눈덩이처럼 커져 버린 빚을 갚는다는 게 너무 버거워서 포기한 거야? 아빠. 사정이 어떻든 간에 아빠의 빚을 나에게 물려주지는 마."

나는 처음으로 아빠가 불쌍하다고 생각했다.

그것이 사실인가요?

상담을 받고 1년 정도 지났을 무렵 술을 마시는 일이 전보다 줄었다. 어쩌다 목구멍에 더 이상 넘기지 못할 만큼 폭음하기는 했지만, 마시는 횟수는 현저히 줄었고 필름이 끊기는 일도 적어졌다. 그동안 괴로움을 잊기 위해 술을 마셨으니 덜 마시는 만큼 괴로움이 사라진 것일까? 상담사는 자기 일처럼 기뻐하며 달라진 내 모습을 칭찬하곤 했다. 그날도 내 얼굴빛이 좋아졌다는 말로 인사를 꺼냈지만, 나는 멋쩍은 웃음만 지었다. 그리고 일방적으로 이야기를 풀어놓기 시작했다.

"선생님. 며칠 전에 아는 언니 때문에 정말 짜증났었어요."

상담사의 책상 위에는 은행에서 공짜로 나눠 준 작은 달력이 있었고 무음으로 설정된 핸드폰과 나를 비롯한 다른 내담자들의 상담 일지가 들어 있는 종이 파일이 올려져 있었다. 그리고 때에 따라서 대형 프렌차이즈 커피숍의 식은 아메리카노가 책상 귀퉁이에 놓여 있기도 했다. 상담사는 이따금씩, 가지런히 정리되어 있는 종이 파일을 손가락으로 살짝 흩뜨려 놓았다. 상담사가 파일을 만지작거리면서 말했다.

"그 언니와 무슨 일 있었나요?"

나는 상담사의 손가락이 신경 쓰였지만 무시하고 말했다.

"무슨 일이라기보다는 그냥… 그 언니가 제가 남 생각을 안 하는 사람이라는 거예요. 자기는 남 생각해서 그런 말을 하는지 정말 웃겨서…."

상담사는 종이 파일을 만지던 손가락을 무릎 위에 올려놓았다. 그리고 나를 따라 입술을 삐죽 내밀면서 말했다.

"정말 기분 나빴겠어요."

맞장구쳐주는 상담사의 말을 들으니 격앙되었던 기분이 좀 가라앉는 것 같았다. 상담사가 이어 말했다.

"부영 씨. 이렇게 한번 생각해 봐요. 그것이 사실인가요?"

사실이냐니. 상담사는 도대체 무슨 말을 하는 걸까. 궁금한 마음에 목소리 높여 되물었다.

"네?"

상담사는 종이 파일의 각을 다시 맞추려는지 모서리를 툭툭 건드리며 말했다.

"우리가 비난을 들었다면 첫 번째로 해야 할 일은 그것이 사실인지 아닌지 확인하는 것이에요. 내가 정말 남을 생각하지 않는 사람인가? 다른 사람들한테 물어봐도 좋고요. 만약 비난이 사실이 아니라면 잘못된 평가이므로 귀 기울일 필요가 없죠. 그건 비난을 한 사람의 문제일 경우가 많거든요."

나는 곧바로 되짚기 시작했다. 언니의 말이 사실일까? 내가 정말 남 생각을 안 하는 사람일까? 하지만, 대번에 알았다. 절대 아니라며 반박하기도 어려울 것이다. 가족들과 친구들에게 했던 수많은 행동 중에 배려 없는 못된 행동도 많았으니까. '선생님. 제가 남 생각을 안 하는 사람이라면, 그 비난이 사실이라면 그땐 어떻게 해야 하나요?'라고 물어야겠다고 생각한 찰나에 상담사가 말을 꺼냈다.

"만약 그 내용이 사실이라고 하더라도 굳이 좌절할 필

요는 없어요. 그것을 수용하고 노력하면 되는 일이니까
요."

상담사는 무릎 위로 손을 가지런히 올려놓았다.

마음의 배짱

상담사를 만나기 이틀 전, 친구 J를 만나게 됐다. J는 대학을 졸업하고 곧장 의류 회사에 취직했다. 졸업하고 나서 J가 몇 달 만에 연락을 해 왔고 맥주나 한잔하자는 반가운 요청에 나는 주저 없이 응했다.

우리는 가벼운 팔짱을 끼고서 맥줏집을 향해 걸었다. 가는 길에는 노점 가게들이 빼곡하게 들어서 있었는데 우리는 고작 열 걸음 정도 떼고 멈춰서 버렸다. 자극적인 떡볶이 냄새가 코에 닿아서였다. 우리는 짜 맞춘 것처럼 동시에 외쳤다. "맛있겠다!!" J는 떡볶이 1인분만 시켜서 맛만 보고 가자고 했다. 맥주를 마시기 전에 탄수화물로 위를 채우는 건 손해니 현명한 선택이었다. 우리는 주인아주머니에게 떡볶이를 주문했다.

이때부터 주인아주머니의 불친절함이 시작됐다. 1인

분만 시켰던 게 원인이었을 터다. 주인아주머니는 일부러 기분 나쁜 티를 내려는 듯 대답도 하지 않고 고개를 휙 돌렸다. 그리고 떡볶이를 대강 접시에 담아서는 '쾅' 하고 던지다시피 내려놨다. 하마터면 떡볶이 국물이 옷에 튈 뻔했다. 그랬다면 틀림없이 기분이 더 잡쳤을 것이다. 우리는 떡볶이를 먹는 둥 마는 둥 떡을 대충 집어 먹고는 노점 가게를 나왔다. 그때부터 맥줏집에 도착할 때까지 주인아주머니에 대한 나의 분노가 쏟아졌다.

"아 정말 왜 저래? 미친 거 아니야? 지 기분 나쁜 걸 왜 우리한테 그러는 거야."

말하다 보니 분노가 더 치밀어 올라 주인아주머니의 잘못을 다양한 방식으로 지적하게 됐다. 얼마가 지나고 아무 말 없이 걷고 있는 J가 그제서야 눈에 들어왔다. J는 주인아주머니의 무례한 행동에도 내 분노에도 별다른 동요를 보이지 않았다. 나는 괜스레 미안해져서 애써 흥분을 가라앉혔다.

이틀 전에 있었던 일을 꺼내 놓자니 다시 기분이 잡쳐지는 것 같았다.

"선생님. 그 주인아주머니 정말 이상한 사람이지 않아

요?"

나는 상담사에게 대답할 시간도 주지 않고 평소보다 빠르고 큰 목소리로 이어 말했다.

"그런데 제 친구는 화가 하나도 안 나나 봐요. 동요가 없었거든요. 저는 왜 화가 나는 거죠?"

상담사는 몇 초간 대답을 하지 않았다. 내가 틈도 주지 않고 이 말 저 말 쏟아 낸 까닭에 이번엔 정말, 상담사의 대답을 기다리고 있다는 걸 몰랐나 보다. 상담사는 굳게 다물어진 내 입을 눈으로 확인하고는 물었다.

"어떤 것 때문에 화가 난 거예요?"

나는 의도적으로 느리게 말했다.

"…어… 그 주인이 떡볶이 접시를 던지다시피 했잖아요…. 미친 거죠…."

상담사는 콧등 아래로 내려온 안경을 검지로 살짝 올리더니 차분한 어조로 물었다. 흥분했던 내가 부끄러워지는 순간이었다.

"그 주인이 왜 그렇게 했다고 생각해요?"

"…잘 모르겠어요."

상담사는 다시 한번 같은 질문을 했다.

"왜 그랬을까요?"

나는 고개를 숙여 바닥을 멍하게 응시했다. 그리고 이틀 전 분노를 다시금 떠올려 봤다. 왜 화가 난 걸까. 거기엔 어떤 생각이 숨어 있을까, 어떤 생각이 나를 화나게 만들었을까.

한 30초쯤 흘렀을 것이다. 상담실에서 30초의 공백은 제법 크게 느껴진다. 나는 고개를 들고 자신 없는 목소리로 말했다.

"…아마… 저를 무시해서 그랬을 거예요."

무시해서 그랬을 거라는 말을 뱉는 동시에 내 생각이 엄청나게 꼬여 있다는 걸 알아채 버렸다. 실타래처럼 꼬여버린 생각들이 혐오스러웠지만, 상담사는 흡족해하는 것 같았다. 상담사의 입 주변에 희미한 미소가 묻어났기 때문이다. 상담사가 말했다.

"무시하는 것 같아서 화가 났군요."

누구나 자신을 무시하는 행동을 맞닥뜨리면 기분이 좋지 않을 것이다. 그런데 왜 J는 주인아주머니의 무례한 행동을 같이 겪고도 화를 내지 않은 걸까. 혹시 J에게도 마음을 삼키는 습관이 있어서 화를 삼킨 것은 아닐까? 아니지… 아무리 그래도 그건 아닐 거다. 자신의 의사를 잘 표현하는 야무진 J가 그런 바보 같은 습관이 있을 리는 없다. 나는 눈을 동그랗게 뜨고서 물었다.

"그런데 친구는 화를 내지 않았어요. 왜 그렇죠? 왜 저만 그런 걸까요?"

상담사는 상담 일지에 무언가를 써 내려가면서 중얼거렸다. 내게 말하는 듯하면서 혼잣말 같기도 한 어중간한 크기의 목소리로.

"글쎄… 무시했다고 생각하지 않는 걸까요…."

그 찰나에 분통 터졌던 여러 일들이 떠올랐다. 택시기사가 퉁명스럽게 말했던 일, 친구들이 빈둥거리는 나에게 했던 농담들. 엄마의 잔소리들. 나도 상담사를 따라 말하는 듯하면서도 혼잣말 같기도 한 어중간한 크기의 목소리로 말했다.

"저는 대부분 저를 무시해서 막 대한다고 생각했어요. 제가 한심하고 만만하니까… 근데 별것도 아닌 일에 기분을 망치고 싶지는 않은데…."

상담사가 물었다.

"그럼 어떻게 하면 좋을까요?"

그때 상담사와 눈이 마주쳤지만, 부담스러운 기분에

벽에 걸려 있는 시계로 눈길을 돌렸다. 그리고 말했다.

"음… 나를 무시해서 그런 게 아니라고 생각하면 괜찮지 않을까요?"

그럴싸한 답변을 한 것 같아서 일순간 작은 뿌듯함이 올라왔다. 하지만 생각을 바꾼다는 것은 쉽지 않은 일이다. 생각을 뜻대로 바꿀 수 있다면 세상에 불행한 사람은 없을 것이고, 나 또한 괴롭지 않았을 테니까.

다른 방법이 있지 않을까. 나는 시계로 다시 눈길을 돌렸다. 그러나 애석한 분침은 생각할 여유를 허용하지 않았다. 끝날 시간이 다 된 것이다. 다음 내담자에게 피해가 가지 않으려면 빨리 상담을 마무리해야 한다. 마음이 조급해졌다. 상담사도 내 마음을 눈치챘는지 다소 빠르게 말했다. 그렇지만 전혀 급하지는 않게.

"네. 그렇죠. 그런데 가끔은 '뭐 어때?' 이렇게 생각해보는 건 어떨까요?"

나는 책상 위에 올려놓은 핸드폰을 들고 옷매무새를 다듬으면서 말했다.

"뭐 어때요?"

상담사는 시계를 힐끔 쳐다보더니 인자한 표정을 지어 보였다. 그리고 말했다.

"무시하면 뭐 어때? 이렇게요."

건성으로 고개를 끄덕이고는 급하게 상담실을 나왔다. 그날은 날씨가 화창해서 지하철을 타지 않고 집까지 걸어갔는데 내 예상보다 많은 시간이 걸렸다. 나는 평소 하는 고민거리에 몽땅 '뭐 어때?'를 붙여 가면서 발걸음을 옮겼다.

'무시하면 뭐 어때?'
'남들보다 늦으면 뭐 어때?'
'능력이 없으면 뭐 어때?'
'실수하면 뭐 어때?'

얼마쯤 지났을까. 익숙한 집 앞 골목에 도착했을 때 그쯤 '뭐 어때?'의 효과가 느껴지기 시작했다. 어깨는 올라가고 발걸음은 씩씩해졌다. 마음의 배짱이 두둑해진 사람마냥 그랬다. 그 순간만큼은 누가 무시해도 상관 않고 내 하루를 잘 보내고 말겠다는 배짱 있는 사람이 된 것만 같았다. 내가 그토록 원하던 배짱 있는 사람이 되다니. 나도 언제쯤 마음의 배짱이 두둑해져서 '뭐 어때?' 같은 말을 뱉을 수 있게 되려나 했지만, 어쩌면 순서가 잘못된 건지도 모른다. 말을 뱉는 것부터가 배짱을 만드는 시작일 테지. 말은 늘 내 생각보다 대단한 것이었으니까.

나는 의기양양하게 큰 보폭으로 걸으며 적극적으로 읊조렸다.

"그래. 무시하면 뭐 어때? 칫."

한심하지 않아요

나는 스스로 한심하다고 여기며 자기 비하를 자주 하
곤 했지만, 전혀 알아채지는 못했다. 한심하다는 생각이
그렇게까지 나를 옭아매고 있다는 것도 다 상담사 덕분에
알게 됐다. 상담사의 '왜 그렇게 생각하나요?', '언제부터
그랬나요?'와 같은 질문을 따라 도착한 곳에는 빈번히 한
심한 내가 숨어 있었다.

"제가 정말 한심해요. 사람들도 저를 그렇게 생각할걸
요."

한심하다는 생각은 조증과 관련이 있을지도 모르겠
다. 조증이 시작되면 바람의 온기부터 달라진다. 따뜻한
바람을 타고 마음은 들뜰 채비를 한다. 기상 시간, 점심
메뉴, 재생 중인 음악, 일기 예보와 같이 사소한 영향에
도 마음은 부풀어 오르기 시작한다. 그때 부푼 마음은 거

만한 생각들이 내민 손을 꽉 잡는다. '나는 대단한 사람이다.' 혹은 '모든 일은 내 뜻대로 잘 풀릴 거야.'라는 허무맹랑한 생각들이다. 내 속엔 한심하다는 생각의 양만큼 거만한 생각들도 곳곳에 은둔해 있었나 보다.

조증이 찾아온 날은 세상이 다 내 것이 된 것 같았다. 못 이룰 것이 없었고 못 해낼 것도 없었다. 마음은 하늘을 찌를 듯이 들뜨고 신났다. 이 모든 게 내 착각이라고 일깨워 주는 사람에겐 화를 내면서까지 조증을 지켜 내기도 했다. 조증은 그런 게 아닐까? 한심한 모습이 견디기 버거워 진 어느 날. 거만한 생각의 손을 잡고 도피하는 것 아닐까.

아주 오래전에도 생각의 손을 잡고 현실에서 도망친 적이 있었다. 어렸을 때부터 나는 집이 싫었다. 집에만 있으면 가족들이 내 짐처럼 느껴져서 가슴이 답답했다. 5학년 때였다. 문밖에서는 부모님의 격렬한 다툼 소리가 들리고 동생들은 어질러진 방에서 귀신 놀이를 한다며 이불을 죄다 꺼내 놓고 있었다. 나는 그 번잡한 방구석에서 천천히 눈을 감았다. 그리곤 멋진 왕자님이 나타나 이 답답한 현실에서 나를 구출해 내는 상상을 시작했다. 상상에 빠지는 것만으로도 그럴싸한 해방감이 들었다. 나는 그것이 실제로 이루어지길 간절히 바라며 눈을 더 꼬옥 감았다. 상상에 불과하다는 것을 틀림없이 알고 있었는데도 그랬다.

아무래도 그 무렵 신데렐라의 줄거리를 똑 닮은 드라마를 많이 본 것이 문제일까? 드라마들은 무척 비슷했다. 가난하고 힘들게 자란 여주인공이 돈 많고 능력 있고 인기도 많은 남주인공을 만나 해피 엔딩으로 마무리되는 줄거리였다. 한창 그런 드라마에 푹 빠졌으니 영향이 있긴 할 것이다. 최근 드라마들은 신데렐라의 줄거리에서 얼마나 벗어나 있을까. 드라마 작가들도 각성해야 하지 않을까. 라는 생각에 골똘히 잠겨 있을 때 상담사의 목소리가 들려왔다.

"부영 씨. 전 정말 부영 씨가 한심하다고 생각하지 않아요. 얼마나 괜찮은 사람인데요."

제가 괜찮은 사람이라고요? 마음 한쪽에서 지끈한 불편함이 전해졌다. 칭찬을 받을 때는 기분이 좋았지만, 늘 오래가지는 못했다. '저 칭찬은 틀렸어. 실수로 한 말이야. 나를 몰라서 한 소리라고.'라는 생각들로 금세 칭찬을

펌하했기 때문이다. 상담사에게 이런 터무니없는 생각들을 털어놓기가 꺼려졌지만, 어떤 마음이든지 삼키면 안 된다는 말을 떠올리며 힘겹게 답했다.

"아닌 것 같아요…. 선생님이 일부러 좋은 얘기를 해주는 것 같다고요. 제가 내담자이기도 하니까…."

상담사는 소리 없는 한숨을 내쉬었다. 소리는 들리지 않았지만, 어깨가 한껏 올라갔다가 꺼지는 게 선명히 보였다. 상담사는 입술에 힘을 주며 말했다.

"봐봐요. 부영 씨가 얼마나 괜찮은 사람인지. 부영 씨는 혼자서, 누구의 도움도 없이 대학에 들어갔잖아요. 그게 얼마나 힘든 일인데…."

상담사는 대학에 들어가기 위해 고군분투했던 나의 지난 얘기를 꺼내며 괜찮은 사람이라는 주장을 펼쳤다. 그렇지만 나는 고개를 절레절레 흔들었다.

"아니요. 그렇다고 해서 괜찮은 사람인 것은 아니에요. 다들 그 정도는 쉽게 하는 일이에요."

상담사는 자신의 머리카락을 손끝으로 만지작거리더니, 검지 손가락을 접으면서 말했다.

"두 번째는 힘든 시간을 보냈지만, 잘 이겨내고 있잖아요."

상담사가 그렇게까지 애써 준다는 게 고마웠지만, 그렇다고 거짓말을 할 수는 없었다. 나는 또다시 고개를 절레절레 흔들며 말했다.

"다른 사람들은 저보다 더 어려운 상황이었어도 잘 사는걸요…. 저는 아직 한심하게 살고 있잖아요."

상담사는 그 이후로 중지와 약지를 차례대로 접어가면서 내가 선한 기운이 많다는 둥, 머리가 좋다는 둥 온갖 이유를 들어가며 괜찮은 사람이라는 주장을 했지만 나는 끝내 고개만 절레절레 흔들었다. 그러자 상담사는 단념하듯 말을 꺼냈다. 내가 어떤 이유에도 한심하다는 생각을 포기하지 않는다는 걸 뒤늦게 알아챈 것이다.

"그런데 부영 씨는 생각이 붕어빵 틀 같아요. 무엇을 넣어도 붕어빵을 찍어 내는 틀이요. 어떤 이야기에도 결론은 항상 '한심하다'는 붕어빵이 나오네요."

상담사는 다정한 목소리로 얘기했지만, 나는 좀 겸연쩍었다. 상담사의 '붕어빵 틀'이라는 표현이 나를 비난하는 말로 들렸기 때문이다.

그때 아빠의 목소리가 마음속에 울려 퍼졌다.

'한심하다. 쯧쯧. 붕어빵틀이나 가지고 있다니.'

그런 상태에 있을 뿐이죠

한심하지 않다는 증거를 몇 차례 듣는 것으로 생각의 틀은 바뀌지 않았다. 나는 그다음 주에도, 그리고 그다음 주에도 한심하다는 생각을 찍어 내느라 여념이 없었다. 그래도 상담사는 포기하지 않았다. 상담사가 말했다.

"부영 씨가 한심하다고 생각하는 이유가 뭐예요?"

상담사의 말이 채 끝나기도 전에 머리가 바삐 움직였다. 그리고 곧, 한심한 내 모습이 수없이 펼쳐졌다. 거의 모든 면이 한심했으니 한심한 모습을 떠올리는 것만큼 쉬운 일도 내겐 없었다. 나는 끔찍이 혐오스러운 모습 중 하나를 골랐다.

"일단 저는 너무 게으르잖아요. 아무것도 하지 않고 이러고 사는걸요."

짜증 섞인 목소리로 답했지만, 상담사는 내 감정에 휩쓸리지 않았다. 차분한 말투를 유지하며 말했다.

"늘 그랬나요? 항상 게으르게 살았나요?"

매일, 평생을 그렇게 산 것은 아니었다. 꿈꾸고 배우고 공부하며 열심히 산 적도 있기는 했다. 사춘기가 오기 전까지 그랬고, 고등학교 때도 잠깐 그랬다.

나는 똑똑하고 예쁜 아이였다. 내가 그렇게 생각한 것은 절대 아니었고, 어른들이 언제나 그렇게 말했다. 부모님도, 친척들도, 동네 어른들도 다 그랬다. 예뻐서 미스코리아에 꼭 나가야 한다고 말했고, 똑똑하니 큰 사람이 될 거라고 말했다.

그러나 나는 내가 대단한 아이가 아니란 것을 진작 알고 있었다. 거울에 내 얼굴을 제일 많이 비춰 본 것도 나였으며 내 지능은 또래에 앞서지도 뒤지지도 않게 평범한 정도였다.

시간은 흘렀고 몸은 다 커버렸다. 어른들은 이제 와 성인이 된 나에게 큰 사람이 될 거라는 기대를 하지 못했지만, 어렸을 때의 나를 추억하며 그땐 참 이뻤지. 그땐 참 똑똑했지. 라는 말을 심심찮게 했다. 과거에 미련을 가지는 말들은 지금의 모습을 더 형편없게 만들 뿐이다.

생각만으로 머리끝이 저려온다. 그때 상담사가 이어 말했다.

"부영 씨도 열심히 살던 때가 있었잖아요. 부영 씨는 잠시 그럴 뿐이에요. 한심하다고 정의하는 것은 좋지 않아요. 어쩌면 그 정의에 갇혀서 꼼짝 못 하는 것인지도 모르죠."

그렇다. 그런 상태에 있을 뿐이다. 흐르지 않는 시간은 없었고 바뀌지 않는 상황도 없었다. 나는 시간과 상황 위를 떠돌아다녔고 앞으로도 그럴 것이다.

그런데 나를 한심하다는 정의에 갇히게 만든 것은 무엇일까. 큰 인물이 될 거라는, 아니 그러길 바라는 어른들의 과도한 기대가 문제의 시작일지도 모른다. 기대에 충족할 수 없었던 나는 늘 부족함 속에 살아야 했다. 이쁘다는 평가를 들을 때마다 내 얼굴은 더 못나 보였고 큰 사람이 될 거라는 기대에 내 재능은 한없이 왜소해 보였으니까. 그 부족함은 내 열등감의 밑천이 된 것이다. 정말이지 내 옆에 있었던 어른들이 다 싫다.

갑자기 가슴이 조여 오더니 이내 화가 불쑥 올라왔다.

하지만 엉뚱한 곳에 화풀이를 해서는 안 된다. 상담사는 그런 어른들과는 근본적으로 다른 사람이니까. 나는 힘 겹게 화를 흘려보냈다. 그리고 말했다.

"선생님. 한심하다는 생각을 찍어 내는 붕어빵틀 같은 건 이제 버려야겠죠?"

현실을 정확하게
받아들였으면 좋겠어요

　'한심하다'는 생각을 버리려고 마음을 먹고 난 후에는
그 생각이 제법 줄어들었지만, 완벽하게 사라지지는 않았
다. 나는 한심하다는 생각이 흔적조차 남기지 않고 나를
깨끗이 떠나길 바랐다. 한 달 뒤쯤, 버릇처럼 한심하다는
말이 또 튀어나왔을 때 나는 이전보다 더 큰 좌절감을 느
껴야 했다. 힘없이 내려간 내 눈을 보더니 상담사가 자신
의 경험 하나를 들려주었다.

　"제 친구 이야기예요. 친구가 자기 사진을 보고 너무
힘들어하더라고요."

　상담사는 간혹 자신의 경험을 들려주곤 했는데 그 시
간이 나쁘지 않았다. 나에게 모아진 초점이 잠시 흐트러
졌고 가쁜한 숨을 돌릴 수 있었다. 나는 틈마다 간단한 추
임새를 넣어 가며 경청하고 있다는 걸 드러냈다. 상담사

가 이어 말했다.

"그래서 제가 왜 그러냐고 물어봤죠. 그랬더니 자기 얼굴이 너무 마음에 안 든다는 거예요."

나는 물을 한 모금 마시고서는 고개를 끄덕였다. 상담사도 나를 따라 텀블러에 담겨 있는 커피를 마시더니 말을 이었다.

"제가 보기에는 괜찮게 나왔는데 계속 힘들어하더라고요. 그래서 제가 그랬어요."

나는 상담사의 다음 이야기가 궁금해져서 그 목소리에 집중을 모았다.

"너의 얼굴을 받아들여야 마음에 들게 찍는 방법을 찾을 수 있지 않을까? 라고요."

정말 멋진 말이다. 자신을 받아들여야만 앞으로 나아갈 수 있다니. 그것도 모른 채 쓸데없이 좌절만 해버렸다. 그래. 받아들기만 한다면, 이번에야말로 한심하다는 생각이 나를 떠나게 될 거야. 아니면 내가 그 생각을 떠날지도 모르고. 나는 반 정도 남은 물을 단번에 들이켰다. 그리고 말했다.

"그렇다면, 한심하다는 것을 받아들이면 나아질 수 있

는 방법을 찾을 수 있겠네요?"

별안간 희망이 생겨서 기쁨이 서려 있는 목소리로 물었다. 그러나 상담사가 단호하게 말했다.

"아니에요."

상담사의 단호한 부정에 마음이 쪼그라들었고 나는 곧 조급해졌다. 혹시 실수한 부분이 있는지 살폈지만, 적절한 말을 했고 무례하지도 않았다는 생각에 짜증과 서운함이 섞여 올라올 때쯤 상담사가 말했다.

"한심하다는 것은 현실을 받아들이는 게 아니에요. 저는 친구가 자신의 얼굴을 정확하게 받아들이길 바랐거든요. 눈이 생긴 모양, 각진 얼굴형, 얇은 입술."

상담사는 힘이 들어간 목소리로 이어 말했다.

"저는 부영 씨가 지금의 모습을. 그러니까 현실을 정확하게 받아들였으면 좋겠어요."

상담사가 허용한 수 초간의 공백 속에서 나는 현실을 찬찬히 바라봤다. 한심하다는 생각이 교묘하게 숨어 있는지 매섭게 살펴 가면서. 그리고 상담사에게 들리지 않게 속으로 되뇌었다.

'현실? 그랬었지. 꿈을 꾸고 열심히 살았던 때를 기억하잖아. 학교를 졸업하고도 일을 하고 바쁘게 지낸 적도 있었고. 다만 요새는 마음이 힘들어 누워 있는 시간이 많을 뿐이야. 그렇다고 해서 한심한 것은 아니잖아. 한심하다는 생각은 받아들이지 않을 거야. 그것은 사실이 아니니까.'

나를 보고 상담사가 환하게 웃었다. 속으로 되뇐 말들이 상담사에게 전달된 것만 같았다.

마음의 냉장고

"요즘 마음은 좀 어때요?"

상담사가 내 마음의 안부를 물어 온 것도 오랜만이다. 그 시절 내 마음은 하루도 편안할 날이 없이 불안정한 상태였다. 상담 매회기마다 죽고 싶다고 호소할 정도였으니 정말 심각했다. 상담사는 위급할 때 연락하라며 자신의 핸드폰 번호를 알려 줬었다. 내가 자칫 잘못하다간 정말 죽어 버릴 것처럼 위태로워 보여 예외적으로 알려 줬다고 한다. 상담사들은 개인 번호를 알려 주지 않는 것이 일반적이다. 내담자들은 상담 시간의 변동 및 취소, 그리고 그 외에 용무는 센터로 문의하게끔 돼 있다. 그 이유는 상담사의 사적인 영역을 보호하고 내담자와 적절한 거리 유지를 위해서다. 내가 말했다.

"가끔 우울하고 사는 게 버거울 때는 있어요."

마음을 뱉는 것이 수월해진 것을 보면 예전보다 마음의 무게가 적잖이 가벼워진 것이다. 상담사는 고개를 끄덕이며 물었다.

"그렇구나… 예전 우울한 것과 요즘 우울한 것이 어떻게 다르나요?"

그 순간, 2년 전 일들이 눈앞에 그려졌다. 매일 밤 울면서 보내던 숱한 날들, 죽음을 준비하며 써 내려간 유서의 내용, 기억을 잃을 때까지 술을 마시던 모습, 고생하던 가족들의 얼굴까지. 마치 어제 있었던 일처럼 생생했다. 나는 한숨을 크게 내쉬고서 답했다.

"그때는 정말 괴로웠거든요. 하루하루 사는 게 고통이었어요. 지금은 그 정도까지는 아니고 조금 우울한 것에 가깝고… 좀 무기력한 것 같기도 하고…."

나는 명백하게 나아졌다. 그렇지만 만족할 수 없었다. 한없이 추락하던 삶이 하강을 멈춘 것에 불과할 뿐, 원하는 곳으로 날지 못 하는 건 또 다른 모양의 괴로움이었다. 우울함이 내 날개를 무겁게 만든 걸까? 그때 상담사가 물었다.

"그렇구나… 그런데 요즘은 우울할 때 어떤 것을 하나요?"

"음… 그냥 집에 있는 편이에요. 아무것도 하기가 싫거든요."

우울감이 몰려올 때면 무기력도 늘 함께였기 때문에 침대 위에서 보내는 시간만 길어졌다. 딱히 해야 할 일도, 그렇게 하고 싶은 일도 없어서 침대 위가 잘 어울리기도 했고.

상담사가 상담 일지에 무언가를 끄적이는 것 같았다. 내 자리에서는 무엇을 쓰는지 도통 보이지 않았지만, 무언가를 쓴 다음에는 나에 대한 중요한 정보를 일러 주곤 했다. 이번엔 내 우울함의 단서를 발견했을지도 모르겠다. 그때 상담사가 볼펜을 내려놓더니 말했다.

"부영 씨. 한번 생각해봐요. 목이 말라서 냉장고를 열었어요. 그런데 물이 없으면 어떻게 해야 할까요?"

예상 밖의 난데없는 요청이었다. 조금 당황스러웠지만, 목이 말랐을 때의 갈증을 상상하며 나는 상담사의 요청을 따랐다. 목이 말라서 냉장고를 연다. 그 안에는 물이 없다. 당연, 짜증이 확 솟구칠 것이다. 예전 같으면 냉장고 문을 '쾅' 닫고는 주저앉아 신세 한탄을 했을 테지만, 이제 그런 짓은 하지 않을 것이다. 성질만 내는 것은 갈증을 해소하는 데에 전혀 도움이 되지 않는다.

"글쎄요…. 저 같으면 음료수를 먹든가… 그것도 없으면 과일이라도 먹든가… 아니면 수돗물이라도….”

내 얘기를 진지하게 듣던 상담사가 눈썹을 있는 대로 치켜세워 놀라는 표정을 지었다. 나는 그것이 긍정적인 반응이라는 것을 알았지만, 그다지 마음에 들지는 않았다. 과장된 반응은 그 안에 긍정성을 담고 있다고 해도 나를 비꼬는 행동인 양 느껴졌기 때문이다. 한편으로는 쉬이 비꼬는 것처럼 느끼는 내가 답답하기도 했다. 상담사는 평소보다 더 높은 톤으로 말했다.

"그렇죠! 우리가 목이 마를 때 할 수 있는 것이 물을 마시는 것밖에 없다면 물이 없을 때 절망하고 말겠죠.”

상담사가 내 눈치를 잠시 살피더니 이어서 말했다.

"우리에게 더 많은 선택지가 있다면 다양한 대처를 할 수 있겠죠. 때로는 자신이 다양한 대처를 할 수 있다는 것만으로 괜찮은 기분이 들기도 하고요.”

머릿속에 작은 냉장고 하나가 그려졌다. 작디작고 긴 스테인리스 냉장고다. 적당한 굵기의 손잡이를 당겨 냉장고를 열었다. 아직 그 안엔 내 갈증을 해소해 줄 것들이 많지 않다. 탄산음료처럼 마실 때는 목마름이 말끔히 해

소된 듯하지만, 결국엔 목을 더 바싹하게 만드는 술책뿐
이었다. 나는 머리를 짜내며 냉장고 안을 다양한 대처로
채우기 시작했다.

[친구에게 전화하기]
[집 앞 산책하기]
[좋아하는 책 읽기]
[쇼핑하기]
[고양이와 놀기]
[우울한 마음 써보기]
[옛날 사진 보기]
·
·
·

그것이 도움이 되는가?

  방 청소를 하다가 서랍에서 구겨진 종이 한 장을 발견했다. 상담 초기에 상담사가 건네주었던 [좋은 선택]의 조건들이 쓰여 있는 종이였다.

  선의로 받은 물건은 쓸모없이 느껴지더라도 버리는 것은 대개 망설여진다. 서랍 같은 곳에 넣어둔 채로 까맣게 잊어버리고 살아간다. 어쩌다 청소를 하는 참에 발견해서는 '역시 쓸모없네.'라고 생각하지만, 그럼에도 또 버리진 못한다. 그렇게 내 서랍은 사람들의 쓸모없는 선의로 번잡하다. 상담사에게 받아 온 꼬깃꼬깃한 종이를 꺼내 펴봤지만 나는 냉큼 다시 접고 말았다. 그 조건들의 엄격함만 재차 확인했기 때문이다. 그리고 종이를 더 어둡고 깊숙한 곳에 그대로 밀어 넣었다.

  상담 당일. 새로 개업한 미용실에서 머리를 잘랐는데

촌스러운 모양에 기분이 좋지 않았다. 다시 그 미용실은 가지 않겠다는 다짐을 하며 상담 센터로 향했다. 나는 머리를 만지작거리며 말했다.

"앞으로 건강하게 살기 위해서 어떤 선택을 하면 좋을지 모르겠어요. 아직도 저를 해치는 선택을 할 때도 있거든요."

건강한 선택으로 삶을 유지하기에 나는 아직 미숙했다. 제 버릇 남 못 주고 자포자기한 사람인 양 파괴적인 선택을 할 때도 더러 있었기 때문이다. 건강한 선택을 구별해 내는 것도 내겐 쉽지 않았고, 깊게 고민할수록 애초에 건강한 선택 따위는 존재하지 않는 것 같은 막연함만 밀려왔다. 상담사가 머리카락을 만지는 내 손가락을 슬쩍 쳐다보더니 말했다.

"그럴 때 저는 이렇게 생각해요."

대화를 이어 가면서도 머리가 신경 쓰여서 좀처럼 집중되지 않았다. 머리를 한참 만지작거리다가 상담사의 시선이 내 손가락에 자주 머무는 것을 느껴서는 허벅지 위로 손을 옮겨 놓았다. 상담사는 내 손을 따라 시선을 옮기면서 말을 이었다.

"그것이 나에게 도움이 되는가? 이렇게 생각하는 편이에요."

그리고 나는 상담사의 말을 베껴 조그맣게 되뇄었다.

"그것이 나에게 도움이 되는가…."

그날은 원래대로 기르려면 족히 두 달은 걸려 보이는 머리가 신경 쓰여 상담사의 말을 한 귀로 흘려보냈다.

열흘쯤 뒤의 일이었다. 20대 초반에 연애 비슷한 것을 했던 남자에게 문자가 왔다.

[예전에 니가 살던 동네에 볼일이 있어서 왔어. 아직도 여기 살아?]

그 남자와는 두 달 정도 만났으려나? 짧은 기간이었지만, 좋지 않은 만남이었음은 잊지 않았다. 허세가 심했던 그는 자신의 재력이나 집안, 학력을 부풀려 자랑하기를 즐기는 데다가 여자라면 사족을 못 쓰는 사람이었다. 멀어지게 된 것도 다 나를 속이고 다른 여자를 만나서였다고 어렴풋이 기억한다.

미련보다는 괜한 호기심에 답장을 보낼까 말까 고민하던 차에, 무심코 거울을 봤다. 손가락으로 머리카락을 빗어 내리다 나는 돌연 멈칫하게 됐다. 내 손을 따라 옮겨 가던 상담사의 시선과 상담실의 고요한 분위기가 떠올랐기 때문이다. 저 멀리에서는 상담사의 다정한 목소리가 들려오는 것만 같았다.

'그것이 나에게 도움이 되는가?'
'그것이 나에게 도움이 되는가?'

지금도 나는, 선택의 순간에, 나를 해치려는 것들이 정체를 숨기고 나를 유혹할 때, 냉정함을 끌어모아 생각한다.

'그것이 도움이 되는가?'

나의 가장 오래된 기억

"부영 씨의 가장 오래된 기억은 무엇인가요?"

상담사의 질문을 따라 겹겹이 쌓인 기억들을 파헤쳐 봤다. 하지만 너무 아득한 세월이 지난 탓일까. 낡은 흑백 영화처럼 흘러나온 첫 기억은 내 과거가 아닌 것 같은 낯설음만 가득했다. 온전치 못하게 내 연출로 짜깁기된 것만 같았다. 찝찝했지만, 확인할 길은 없었다. 나는 조심스럽게 기억을 꺼내 놓았다.

"기어 다닐 때 같아요. 집에 툇마루가 있었거든요. 엄마가 부엌에서 요리를 하고 있었어요. 그런데 제가 엄마한테 기어가다가 떨어졌어요. 그리고 땅에 머리를 박고 엉엉 울었죠."

상담사가 말했다.

"그 기억을 떠올리면 어떤 기분이 드나요?"

나는 그때의 감정이 되살아나는 것처럼 눈살이 찌푸려지고 일그러진 표정이 돼 버렸다. 땅에 머리를 박고 울었을 때의 서러움이 고스란히 전해졌기 때문이다. 의식적으로 얼굴을 이완시키며 내가 말했다.

"뭔가 슬프고 처량하게 느껴져요. 저는 항상 엄마를 기다리고 찾았던 것 같거든요."

느닷없이 또 다른 기억 하나가 떠올랐다. 아주 어렸을 때였다. 그 당시 부모님은 맞벌이를 하셨기 때문에 돌볼 사람이 없었던 나는 외할머니 댁에 맡겨졌다. 부모님은 퇴근하면 꼭 외할머니 댁을 들렀고 내 얼굴을 잠깐이라도 보고 나서야 집으로 돌아갔다.

나는 엄마를 기다리며 하루를 보냈다. 기다리는 일이 삶의 전부였다고 해도 과언은 아닐 것이다. 초저녁잠이 많았던 나는 졸음이 올 때가 가장 무서웠다. 졸음을 이길 요령을 몰라 쉽게 잠들어 버렸기 때문이다. 그렇게 잠들어 버려 엄마를 보지 못한 다음 날은 억울하고 분통이 터져서 견딜 수 없었다. 나는 매일 저녁, 고사리손으로 눈꺼풀을 들어 가며 엄마를 기다렸다.

어느 날은 견디다 못해 엄마를 찾아 떠났다. 비 오는 날 팬티만 입고 가출을 한 것이다. 그때가 아마 다섯 살 정도 됐던 것 같다. 슬리퍼를 질질 끌며 엄마를 찾아다니던 나는 누군가의 손에 이끌려 동네 파출소에 맡겨졌다. 비를 맞으며 엄마를 찾아 나섰던 기억은 지금도 나를 슬프고 처량하게 만든다. 그때, 기억에 잠겨 있는 나를 깨우는 상담사의 목소리가 들렸다.

"첫 기억은 중요해요. 기억나지 않는 어린 시절을 요약해서 보여주기도 하고… 그게 지금 문제와 연관돼있는 경우도 있고요…."

첫 기억이 어린 시절의 요약이고 현재의 문제와 연관돼 있다는 말은 도무지 마음에 들지 않는다. 제멋대로 기억의 첫 장이 돼서는 죄 없는 주인에게 막대한 영향을 주다니. 정말 골칫거리다. 어렸을 적 찍은 사진에는 개를 안고 활짝 웃거나, 개구진 표정으로 뛰어다니는 것도 많던데, 왜 하필 그딴 것에게 기억의 첫 장을 내어 준 걸까. 첫 기억을 바꿀 수 있다면 좋겠다는 생각에 다다랐을 때 상담사가 말했다.

"그런데 부영 씨가 말한 엄마와 부영 씨의 기억은 차이가 있네요."

맞다. 그러고 보니 얼마 전 상담사에게 말했었다. 엄마는 따뜻한 사람이라고. 그렇지만 기억 속 엄마는 나를 하염없이 기다리게 만드는 사람일 뿐이었다. 기다린다는 것은 영영 오지 않을 수 있다는 불확실함도 견뎌야 하는 괴로운 일인데. 하물며 조그맣고 약했던 나에겐 더했을 터이다. 그럼에도 나는 왜 엄마를 따뜻하다고 말한 걸까.

생각에 잠겨 상담사의 얼굴을 초점 없이 바라보는데 문득, 그 위로 K의 얼굴이 겹쳐졌다. 다른 여자를 만나고 있다며 나를 모질게 떠났던 K. 그와의 이별은 내가 버려질 만큼 무가치한 사람이라는 것을 한 번 더 증명한 아픔이었다.

친구들을 모두 K가 나쁜 사람이라고 했지만, 난 손사래 치며 부인했다. 나는 왜 그토록 상처를 받았음에도 그를 두둔했던 걸까. 왜 K가 나쁜 사람이란 걸 받아들이기 힘들어했을까? 그가 나쁜 사람이라면 내가 더한 이별의 피해자가 되기 때문일까. 그렇다면 언제쯤 나는 이별을 버림받음이 아닌 헤어짐으로 받아들일 수 있을까? 아직도 상대의 눈치를 살피고, 아무것도 아닌 행동도 버림받음의 신호로 받아들여 조마조마하는 걸 보면 상담사의 말이 맞을지도 모른다. 처음의 기억도, 어렸을 때의 기억도, 예전의 기억도, 최근의 기억도 온통 버림받음이었고 나는 그 문제에서 벗어난 적이 없었으니까. 그렇게 앞에 있는 상담사도 신경 쓰지 않고 이런저런 생각에 잠기다 마침내, 엄마를 기다리던 기억과 K에게 버림받은 기억이 머릿속에서 뒤죽박죽 엉켜 버렸다.

빛나게 해주는 사람을 만나요

꿈을 꾸었다. K가 등장했다. 새로 사귀고 있다는 여자와 함께였다. 꿈속에서 처음 본 그 여자는 멋져 보였다. 나처럼 소심하지도, 무기력하지도 않았으며 당당하고 자신감에 차 있었다. 나는 그 여자에게 다가갔다. K에게 하고 싶은 말이 있으니 잠깐 자리를 비켜 달라고 말했다. 그러나 그 여자는 그럴 수 없다고 강경하게 대응했다. 나는 자신의 것을 지켜 내는 그 여자를 부럽게 바라보고 있었다.

갑자기 장면이 바뀌면서 K와 그 여자 옆에 내가 나란히 걷고 있다. 할 말이 무엇이었는지 기억나진 않지만, 기회를 엿보며 함께 걸었다. 때마침 그 여자가 물건을 사러 작은 슈퍼에 들어갔고 K와 나는 단둘이 있게 됐다. 그러자 K는 평소에 잘 보이지 않던 다정한 얼굴로 나를 지그

시 쳐다봤다. 그리고 내 손을 잡고 말했다.

"저 여자는 그냥 만나는 거야. 감정은 별로 없어."

그 순간 다정했던 K의 얼굴이 흉악한 악마로 변했고 나는 몸서리를 치며 잠에서 깼다. 엄청난 꿈의 여운에 잠들던 자세 그대로 눈만 깜박거리고 있었다. 맑은 정신이 들 때까지는 다소 시간이 걸렸다. 창밖에서는 비가 내리고 있었다. 밤새 거칠게 내리던 장맛비가 마지막 힘을 쥐어짜며 듬성듬성 내리고 있었다.

그동안 상담사에게 K의 이야기를 많이 했었지만, '걔가' 혹은 '그때 만났던 애'로 지칭했다. 상담사는 친한 친구의 이름은 물을 때도 있었지만 K의 이름은 종결할 때까지 궁금해하지 않았다. 그날은 그 꿈 얘기로 상담이 시작됐다. 한참 동안 손짓, 발짓하며 꿈 얘기를 하고 있었는데 상담사가 무언가를 적는 것 같더니 볼펜을 내려놓고 말했다.

"그런데 꿈에 나온 그 여자가 부영 씨가 되고 싶은 모습과 비슷한 것 같네요."

머리가 혼탁해지더니 이내 창피함이 올라왔다. 숨을

곳 없이 알몸으로 던져진 기분이었다. 나는 상담사에게 줄곧 말해왔다. 당당하게 살면서 자신감에 차 있는 사람이 되고 싶다고 말이다. 꿈속에서 그 여자는 내가 되고 싶다던 모습대로 적나라했는데 나는 전혀 눈치를 못 채고 있었다. 창피함은 점차 다른 감정으로 바뀌어 갔다. 그건 분명 열등감이었다. 나는 약간 뚱한 표정을 지으며 말했다.

"모르겠어요… 꿈속에서도 그 여자를 부럽게 바라보기는 했거든요…. 내가 가지지 못한 모든 걸 가지고 있었으니까요."

상담사는 어떤 말도 하지 않고 고개를 끄덕였다. 그리고 콧등 아래로 내려온 안경테를 손등으로 올리더니 말했다.

"그 남자분의 얼굴이 악마로 변했다고 하니 남아 있던 부영 씨의 감정이 해소된 것 같기도 하네요. 꿈에서 깨고는 기분이 어땠나요?"

"…무섭고 소름 끼치고 그랬어요."

나는 숨을 고르고 이어 말했다.

"악마로 나온 걸 보면 아마도 깊은 곳에서는 알았나 봐요. 걔가 나쁜 사람이라는 걸요."

상담사는 K와 헤어진 것이 나쁘지 않은 일이라고 했다. K는 나를 병들게 만드는 사람이니 오히려 잘된 일이라고 말했다. 돌이켜 보면 상담사가 K와의 이별이 잘된 일이라 여겼던 건 이상한 일은 아니었다. K가 바람을 피운 것은 물론이거니와 상담사에게 털어놓은 K의 행동과 말이 무책임하고 자신을 기만하는 것들뿐이었으니까. 타인과 자신을 기만하는 사람 중에 사랑을 할 줄 아는 사람은 없다.

그렇지만, 미워하는 것도 지치는 일이다. K의 이야기가 나오지 않을 만큼의 시간이 지난 어느 날. 상담사가 조심스럽게 말을 꺼냈다. 그때 상담사의 얼굴은 나의 안위를 걱정하던 엄마의 표정과 빼닮아 있었다.

"부영 씨. 이제는 부영 씨를 빛나게 해 주는 사람을 만나요. 부영 씨의 본래 빛까지 그늘지게 만드는 사람 말고요."

"네."

상담사의 말을 듣고 별다른 저항 없이 '네'라고 대답했지만, 곧 의문이 생겼다. 과연 세상에 나를 빛나게 해 줄 사람이 존재할까? 지금까지 여러 사람을 만났지만, 그런 사람을 만나 본 적은 없었다는 말을 꺼내려는 순간 상담사가 입을 열었다.

"빛나게 해 주는 사람이 꼭 있어요. 발견하지 못할 뿐이죠. 내 존재를 더 빛나게 해 주는 사람은 어떤 사람일까 생각해 보고 마음에 새겨 놓아야 해요. 그럼 발견할 수 있을 거예요."

상담을 마치고 집으로 돌아왔다. 곧장 잘 쓰지도 않던 컴퓨터를 켰다. 노란 폴더 안에는 헤어지고 나서 어쩌지 못해 가지고 있던 K와 찍은 사진들이 있었다. 사실 어쩌지 못해서 가지고 있었다는 건 변명이고 다시 만날 가능성을 위해 남겨 놓은 것이다. 나는 핸드폰과 컴퓨터에 있는 사진들을 샅샅이 찾아 단숨에 지워 버렸다. 혹시나 아둔한 미련으로 되돌릴까 싶어 휴지통도 잽싸게 비워 버렸다. 쉬려고 침대에 누우니 창밖에서 시원한 바람이 들어왔다. 어느새 여름도 끝나고 가을이 됐다.

마지막 진료
드물게 완치가 된 걸까

앞서 이야기했듯이 나는 정신과 진료와 심리 상담을 병행했다. 정신과에서는 2주에 한 번씩 리튬, 쿠에티아핀(양극성 장애에 흔하게 처방되는 약물) 같은 약물을 처방받고 간단한 진료를 봤다. 죽고 싶다는 생각이 심해지면 의사는 약물의 용량을 늘려 주기도 했는데 나는 어떤 약이든 까먹지 않고 성실히 복용했다.

그 약물들이 증상 완화에는 도움이 됐지만, 부작용으로 힘들 때가 많았다. 손이 사시나무처럼 떨려서 수저를 제대로 들 수도, 글씨를 잘 쓸 수도 없었다. 시계를 읽을 수 없을 만큼 머리가 둔감해지고 발음이 어눌해지기도 했다. 그래도 그것들은 체중 증가에 비하면 괜찮은 편이었다. 한때 체중이 15kg이나 증가했었다. 매해 여름마다 입던 옷들이 죄다 작아졌는데 정말 거북한 경험이었다.

약속이라도 생기면 짜증부터 났다. 한참을 뒤져 겨우 맞을 만한 박스티나 고무줄 원피스를 찾아 입었지만, 거울을 보면 옷 태가 마음에 안 들어 신경질까지 더해졌다. 의사는 다른 부작용이 생기면 약을 바꿔주거나 용량을 조절해서 경감시켜줬지만, 체중의 증가는 막아주지 못했다.

정신과에 갈 때는 매번 모자를 푹 눌러쓰고 어두운 계열의 옷을 입었다. 의도치 않게 가장 눈에 띄지 않는 옷을 골라 입었다. 정신과 진료를 받고 있다는 것을 감추고 싶은 마음이 숨어 있어서였는지도 모르겠다. 그날도 검정색 야구 모자를 눌러쓰고 진료를 보고 있었다. 내가 의사에게 말했다.

"이제 많이 괜찮아진 것 같기는 해요. 그런데 뭐랄까 차분하고 그렇기 한데… 뭔가 비어있는 느낌이에요…."

내 말이 끝나기도 전에 의사가 앞당겨 고개를 끄덕였다. 내 마음에 남은 말들을 미리 알기라도 한 걸까. 의사가 말했다.

"어떤 양극성 환자들은 보고하곤 하죠. 차분해지고 나니 허전하고 사는 게 재미없게 느껴진다고요."

그 환자들의 마음과 완전히 일치하는 것은 아니겠지

만, 그들이 왜, 허전하다는 말을 했는지는 알 것도 같다. 흥분되거나 절망스럽거나 우울하거나 들떠 있는 여러 증상이 있는 것은 마음속에서 바쁜 생활을 하는 것과 마찬가지다. 비록 표면적으로는 무기력하고 게으른 생활을 하고 있더라도 마음만큼은 이곳저곳 바쁘게 돌아다닌다.

어느 정도 건강한 궤도로 올라오면 증상의 강도가 약해지고 표출되는 간격이 벌어지는데 그곳엔 자연스레 여백이 남게 된다. 여백에는 괴로운 생각도, 그렇다고 즐거운 상상도 아무것도 없으니 허전한 것도 당연할 것이다.

정신과 진료는 이날 이후로 1년 정도 더 받다가 끝마쳤지만, 약을 일체 복용하지 않기까지는 시간이 좀 걸렸다. 잠이 오지 않거나 극도로 불안해지면 병원을 다시 찾아서 수면제와 신경안정제를 일시적으로 처방받기도 했다. 총 서너 번 정도 의사를 더 만났을 것이다. 마지막 진료를 보러 간 날. 의사는 미용실에 갈 시간이 없을 만큼 바빴는지 앞머리는 덥수룩하게 길어 있었다. 내가 의자에 앉자, 의사는 오랜만에 왔다며 잘 지냈냐는 가벼운 안부를 물었다. 나는 잘 지낸다는 답변으로 이야기를 시작했다. 내가 말했다.

"요즘에 잠이 잘 오지 않아서 수면제를 좀 받고 싶어서요."

의사가 덥수룩한 머리를 긁적거리더니 두꺼운 진료 차트를 맨 첫 장부터 뒤적거리며 눈으로 훑어 내려갔다. 그리고 말했다.

"그런데 임부영 씨는 약을 꼭 먹어야겠어요? 안 먹고 지내도 될 것 같은데."

내가 말했다.

"매번 수면제를 먹어야 자는 건 아니지만 여유분의 약을 가지고 있지 않으면 불안해서요…."

의사가 고개를 끄덕이면서 말했다.

"약을 가지고 있는 것만으로 안심되는 환자들이 있더라고요. 언제든 먹을 수 있다는 걸로 안심이 되는 것이죠."

그때. 몇 년 전 의사에게 들었던 절망의 말이 떠올랐다. '완전히 나을 수는 없고 평생 관리하면서 살아야 해요. 증상이 심해지지 않게요.' 목소리의 톤과 억양까지 생생하게 뇌리에 되살아났다. 이제 와 약을 안 먹어도 될 것 같다는 말은 내가 완전히 나았다는 말일까. 평생 약을 먹으며 관리하고 살아야 한다고 분명히 그랬는데. 그렇다면 나는 어떻게 된 걸까? 드물게 완치가 된 것일까. 아니면 혹시 양극성 장애가 아니었던 건 아닐까. 아니야. 나중에 재발할지도 모를 일이야. 그렇다면 이 상태는 재발되기 전에 일시적으로 찾아온 평온한 연극 같은 것일까. 그럴싸한 의문들이 머릿속을 휘저어 놨지만, 어떤 것도 의사에게 묻지는 않았다. 어찌 됐든 건강해졌다면 그걸로 된 것이다.

나는 14개의 알약이 들어 있는 약봉지를 들고 병원을 나왔다. 그리고 병원을 다시 찾을 일은 아직까진 없었다.

10년 뒤에
어떤 모습이기를 바라나요?

짧게만 느껴졌던 긴 시간이 지났다. 나는 일주일에 한 번씩, 한 시간 동안, 어느덧 3년씩이나 상담사를 만나고 있었다. 참 오랫동안 많은 이야기를 나눴다. 돌이켜보면 나와 관련된 이야기가 끊임없이 생성됐다는 사실이 놀랍기만 하다.

그 무렵 상담을 잠시 중단했었다. 종결하고자 했지만, 결과적으로 중단한 게 됐다. 상담사에게 작은 불만이 생긴 것이 원인이었다. 하지만 상담사의 탓은 아니었고 내 의존심 문제였다. 의존심은 상담을 성실히 받을 수 있게 해줬지만, 상담사의 태도가 내 기대와 어긋날 때는 적개심 같은 불쾌한 감정들을 만들어 냈다.

내가 어려움에 봉착했다는 것을 과격하게 드러냈을 때는 '이렇게, 저렇게 해라.' 같은 지침을 주기를 기대해서였다. 그렇지만 상담사는 기대하는 말 따위는 결코 해 주지 않았다. 나는 그럴 때마다 상담 진행을 은근히 훼방 놓았다. 단답형으로 대충 대답을 하고서는 뚱한 표정을 짓고 있었다. 어떤 날은 의기소침하게 앉아 있거나 쓸데없는 얘기들만 늘어놓기도 했다. 그러나 나의 다양한 해방에도 상담사는 결코 지침을 주지 않았고 나는 화풀이를 하듯 상담을 종결했다.

상담사는 나의 의존심을 일부러 모른 척했을 것이다. 무례한 의존심에는 관계의 경계를 지켜 내는 것이 제일 효과적이라는 것을 이미 알고 있었을 테니까. 의존심에 부응하는 것은 더 큰 의존심을 불러오는 어리석은 행동일 뿐이다.

어느덧 6개월의 시간이 흘렀다. 그동안 그럭저럭 지내긴 했지만, 답답했다. 답답함은 무지 성가신 감정이다. 속이 꽉 막힌 것처럼 가슴을 두드리고 싶은 묵직한 덩어리가 식도를 누르는 것 같았다. 나는 어쩔 수 없이 상담사를 찾았다. 아무리 머리를 굴려 봐도 상담사밖에 떠오르지 않았기 때문이다. 화풀이하듯 상담을 종결해 놓고 다시 찾아왔다는 게 멋쩍었지만, 나는 살가운 미소를 지으며 인사했다. 그리고 전보다 적극적인 태도로 임했다. 내가 말했다.

"선생님. 저 요새 너무 그대로인 것 같아요. 더 좋아지지 않는 것 같아서 답답해요."

다시 방문한 상담 센터는 종소리, 소파 위치, 온도, 모든 게 그대로였다. 상담사 역시 그랬고. 상담사가 평소와 같이 친절하게 물었다.

"어떻게 답답한가요?"

"예전처럼 괴롭지는 않지만… 그래도 뭔가 채워지지 않는 게 있는 것 같아요… 그래서 답답해요…."

그러자 상담사가 또박또박 말했다.

"우리는 나아질 때도 계단처럼 나아져요. 성장할 때도 그렇고요. 한 단계 올라가면 한참을 유지하다가 경험이 쌓이면 또 한 단계 올라가죠."

답답한 마음이 좀 가벼워지는 것 같았다. 상담사와 대화를 하다 보면 뭐든 이렇게 쉽게 해결되기 때문에 의존심이 생겨날 만도 하다. 상담사가 이어 말했다.

"부영 씨는 이제 어떻게 살고 싶은지 생각해 보는 건 어때요?"

나는 습관적으로 되물었다.

"어떻게 살고 싶은지요?"

"부영 씨가 10년 뒤에 어떤 모습이었으면 좋겠는지 생각해 봐요. 천천히요."

삶의 앞날을 그리지 못한 것이 나를 답답하게 만든 걸까. 괴로움은 내 발목을 잡아 지난날을 후회하게 만들었지만 미래를 고심할 여유는 주지 않았다. 그렇지만 이제 정신 차려야 한다. 괴로움이 사라지고 그 자리에 생긴 여백은 삶의 앞날을 고민하는 것으로 채워 나가야 한다. 자칫 긴장을 늦췄다간 어렵게 되찾은 여백을 괴로움에게 다시 뺏길지도 모른다.

오랜 시간 꿈도 목표도 없이 살다 보니 10년 뒤에 나를 생각해 본다는 것은 어색하고 쑥스러운 일이었다. 그림에 대한 미련은 있었지만, 예전처럼 훌륭한 화가가 되고 싶지는 않았다. 왜 하필 그때, 그런 생각을 했을까. 괴로움에 빠진 예술가보다는 현명한 상담사가 되는 게 멋진 일이라고. 다른 사람을 돕는 상담사가 될 수 있다면, 의미 있는 삶을 살 수 있을 거라는 생각이 뇌리를 스쳤다. 그렇지만 이내 부끄러움에 얼굴이 달아올랐다. 상담사가 되고 싶다는 말은 아무에게도 할 수 없을 것이다. 괴로움에 빠져 살던 내가 상담사가 되고 싶다고 말한다면, 주제도 모른다며 비웃음거리가 될 테니까.

초등학교 때부터 매 학기가 시작되면 장래 희망을 써 오라고 했다. 그땐 정말이지 고민이 없었다. 미술 학원에 다닐 때는 화가, 피아노를 배울 때는 피아니스트, 담임 선생님을 좋아하면 선생님이 되고 싶다고 적었다. 그리고 지금의 나는 화가도 피아니스트도, 선생님도 되어있지 않다. 나는 나를 타일렀다. 초등학교 때 그랬던 것처럼 상담사에 대한 좋은 인상으로 부질없는 꿈을 꾼 것뿐이라고.

못 접은 색종이는
좀 버리면 어때?

나는 뾰로통한 표정을 짓고 말했다.

"저는 스스로에게 만족할 수 없나 봐요."

건강한 삶에 가까워지고 나서는 열정적인 내일을 계획하는 일이 잦아졌다. 계획은 못 지킬 때가 더 많았고 지킬 수 없는 계획을 세웠으니 그럴 수밖에 없었다. 이것은 모두 만족하는 법을 몰라서일 것이다. 만족한다면 더 나아질 궁리를 하는 데에 하루를 허비하지는 않을 테니까.

상담사가 말했다.

"부영 씨가 만족하려면 어떻게 돼야 할까요?"

나는 생각할 겨를도 없이 신나게 말했다. 꿈에 그리는 내 모습을 상상하며.

"솔직히 말씀드려도 될까요? 돈도 많았으면 좋겠고요. 학벌도 좀 좋았으면 좋겠는데… 그리고 인정도 받고 싶고…."

상담사가 가볍게 고개를 끄덕이면서 답했다.

"아… 그렇군요."

나는 할 말이 아직 한참 남았다며 몸짓으로 신호를 보냈다. 고개를 절레절레 저으며 내가 말했다.

"얼굴이 엄청 예뻤으면 좋겠고… 영어도 좀 잘했으면 좋겠는데… 전 가진 게 너무 없어요. 너무 부족해요."

상담사가 말했다.

"부족하다고 생각하는구나…."

상담사의 친절한 목소리로 다시 흘러나오는 내 마음을 듣고 있으면 뭐든 큰일이 아닌 것처럼 안심이 됐다. 상담사가 이어 말했다.

"부영 씨. 종이접기 시간. 두 명의 아이가 있었어요. 한 아이는 색종이 열 장을 손에 꼭 쥐고 있었고, 한 아이는 색종이 두 장을 쥐고 있었죠."

급작스럽게 시작된 이야기에 공기의 흐름이 바뀌는 것 같았다. 그리고 엄마 무릎을 베고 옛날이야기를 해 달라며 조르던 어린 내 모습이 그려졌다. 엄마는 여러 번 들려주었던 이야기도 처음 하는 것처럼 궁금증을 일으키며 물었다. "그래서 어떻게 됐을까?" 그러면 나도 엄마를 따라 호기심을 불러와 답했다. "몰라. 어떻게 됐는데?" 그렇게 이야기를 주고받다 보면 어느새 잠이 들었고 머리 밑에는 엄마의 무릎 대신 베개가 놓여 있었다. 엄마는 언제 이야기를 끝냈을까? 내가 잠이 들 때까지 이야기가 계속됐기 때문에 엄마가 언제, 어떤 결말로 끝냈는지 지금까지 알지 못한다. 이젠 그런 시시한 이야기가 싫어진 나는 더 이상 옛날이야기를 해 달라며 조르지 않는다. 평생 그 이야기의 결말은 알 수 없을 것이다. 상담사가 숨을 고르고서 말했다.

"두 아이 모두 색종이 두 장을 열심히 접었어요. 그런데 색종이 열 장을 쥐고 있었던 아이는 입이 쭉 나와 있었어요. 만족할 수 없었거든요…. 꽤 멋진 종이접기였는데도 말이죠. 색종이 두 장을 쥐고 있었던 아이는 어땠을까요?"

열 장을 쥐고 있던 아이는 괴로운 욕심쟁이다. 괴로운 욕심쟁이는 못 접어 낸 여덟 장을 바라보며 말할 것이다. "열 장을 접고 싶었는데 두 장밖에 접지 못했어. 여덟 장이나 남아 버렸다고. 아직 해내지 못한 일이 이렇게나 쌓이다니." 그리고는 머리를 쥐어뜯으며 좌절할 것이다. 그 옆에, 두 장을 쥐고 있는 아이가 그 모습을 애처롭게 바라보며 말한다. "못 접은 색종이는 좀 버리면 어때?" 그러나 어떤 소리도 괴로운 욕심쟁이의 마음에 닿지 못한다. 괴로운 욕심쟁이는 눈초리를 치켜세우며 답한다. "바보 같은 소리 하지 마. 어떻게 하면 더 많이 접을 수 있을까 고민하고 그렇게 해내는 것이 우리가 할 일이라고. 내일은 남은 색종이를 꼭 다 접고 말 거야." 그날 밤 괴로운 욕심쟁이는 잠을 설칠 것이다. 밤새 색종이 여덟 장을 접어 낼 궁리를 하느라 잠은 달아나 버릴 테니 말이다. 그때 상담사의 숨소리가 들려왔다. 나는 잽싸게 상담실로 주의를 돌렸다. 그리고 무뚝뚝하게 답했다.

"두 장을 쥐고 있던 아이는 아마도 만족했을 것 같아요."

두 장의 종이를 다 접어 낸 그 아이는 남은 색종이가 없으니 홀가분해 할 것이다. 그리곤 만족스러운 미소를 지어 보이겠지. 홀가분한 것만큼 만족스러운 것도 없다. 상담사가 물었다.

"부영 씨는 몇 장의 색종이를 쥐고 있는 것 같나요?"

그렇지만 나는 아직 괴로운 욕심쟁이일 뿐이다. 내가 답했다.

"열 장보다는 훨씬 많을 것 같아요."

나는 이제 더 이상 괴로운 욕심쟁이가 되기는 싫다. 못이룰 것들을 많이 계획해 봤자 내 손해기 때문이다. 계획할 때만큼은 이미 이룬 것처럼 들뜨고 기뻤지만, 그건 내 착각이었다. 나에겐 수많은 계획을 이뤄낼 전능한 능력 같은 건 없었다. 못 이뤄낸 것들은 그대로 물러나지 않고 나를 괴롭히곤 했다. 이까지 것 하나 못 해내냐며 심술을 피우며 나를 몰아세웠다. 그렇게 매일 밤, 잠은 내 이부자리에서 멀리 달아나 버렸다. 이제는 못 이룰 계획은 좀 버려야 하지 않을까? 나는 각오라도 새기듯 일부러 비장한 마음을 품었다. 그리고 한숨을 크게 내쉬었다.

너는 지금도 충분해

사흘 전. 작은 식당에서 간단히 술을 마시고 있었다. 그날은 친구와 친구의 친구, 지인까지 모였고 처음 보는 사람들도 여럿 있었다. 아는 사람보다 모르는 사람이 더 많았지 싶다. 자리는 늦은 시간까지 이어졌는데 개인적인 일부터 사회적 이슈까지 다양한 이야기가 오고 갔다. 앞에 있는 사람과 이야기를 나누다가 옆에 있는 사람과 주고받다가 주제가 폭넓어지면 다수의 사람이 대화에 참여하기도 했다.

그날 나는 참 바빴다. 사람들 눈치를 살피는 데 많은 시간과 마음을 할애했다. 그들이 좋아할 만한 얘기들을 늘어놓느라 나는 한없이 분주했다. 자정이 넘어서야 자리가 파했고 기운이 다 빠진 나는 힘없는 다리를 끌며 집까지 걸었다. 집 앞에 도착했을 때 어두운 골목에서 나를 비추는 가로등의 빛이 유난히 얄궂게 느껴졌다. 담벼락에는 '쓰레기 무단 투기 금지'라고 쓰인 노란 종이가 붙어 있지만, 그 앞에는 '쓰레기 무단 투기 금지'라는 말이 가소롭다는 듯 쓰레기봉투가 산더미처럼 쌓여 있었다. 나는 갑자기 차오르는 분노에 쓰레기봉투를 발로 차 버렸다.

"그날 정말 화가 났어요."

상담사가 물었다.

"왜 화가 났나요?"

"그런 노력을 하는 게 바보 같아서요. 사람들한테 잘 보이고 싶어서… 그런 게….'

화가 난 이유를 되짚느라 얼굴이 약간 달아올랐다. 상담사가 고개를 끄덕이면서 말했다.

"지금의 부영 씨가 그때 그곳에 갔다고 상상해 보세요. 애쓰고 있는 부영 씨가 눈앞에 있다면 뭐라고 말해 줄 수 있을까요?"

상담사의 요청에 따라 사흘 전 그때로 돌아갔다. 시끌벅적한 술자리. 테이블 구석에 내가 있었다. 나는 여전했다. 사람들 마음에 들기 위해 애쓰고 있었다. 그땐 못 느꼈지만, 내 얼굴빛은 취색과 탁함으로 얼룩져 있었다. 진실한 모습으로 사람들을 만나지 못하니 불행함이 낯빛에

고스란히 묻어나온 것이다. 자신의 불행은 모른 척하고 남들의 눈치만 살피는 내 모습에 속이 터진다. 나는 그 옆으로 다가갔다. 그리고 목소리 높여 말했다.

"너 사실 그 사람들 별로 좋아하지도 않잖아. 근데 뭐 하러 애쓰고 있어?"

얼른 말리고 싶은 마음에 삿대질을 하면서 주의를 줬다. 그런데 나에겐 어떤 말도 들리지 않는 것 같다. 멈추지 않고 오히려 반대로 행동하기까지 한다. 눈치를 있는 힘껏 살피면서 사람들의 마음에 들기 위한 최선의 노력을 다하고 있다. 결국에는 자신의 의견과 가치관까지 훼손시켜서 거짓된 이야기를 시작한다. 점차 더 많은 거짓을 토해낸다. 나의 호불호, 나의 경험, 나의 신념, 나의 괴로움, 나의 과거. 나는 그렇게까지 고군분투하고 있다. 더 내버려 두면 안 되겠다 싶어 내 앞으로 자리를 옮겼다. 무슨 말을 해야 할까. 도통 떠오르지 않아 우물쭈물하고 있을 때 상담사가 안타까운 표정을 지으며 말했다.

"노력하지 않아도 괜찮아. 너는 지금도 충분해."

충분하다는 상담사의 말을 듣자마자 심장이 굳는 것 같았다. 그리고 눈물이 터져 나왔다. 참아낼 수 있는 눈물이 아니었다. 상담사는 눈물이 옷에 떨어질세라 책상 위에 있는 갑 티슈에서 휴지를 두어 장 뽑아서 건넸다. 책상 위에 늘 갑 티슈가 구비된 이유도 나처럼 눈물을 흘리는 내담자가 흔하기 때문이었겠지. 상담사는 아무 말도 하지 않고 눈물이 그칠 때까지 기다려줬다. 그렇게 한참을 울었다. 들썩거리던 어깨도 멈추고 눈물도 다 말랐을 때쯤 분노는 흔적을 감췄다. 나를 향한 분노가 눈물에 씻긴 것이다. 그때 상담사가 내 얼굴을 물끄러미 바라보더니 다시 한번 말했다.

"부영 씨는 지금도 충분해요."

집으로 돌아오는 길. 거울에 비춰 충혈된 눈을 확인하고 걸음을 옮겼다. 울었다는 것을 누가 알아채는 것은 싫지만, 가족들이 아는 건 더 끔찍이 싫었다. 나는 애써 담담한 표정으로 거실에 앉아 있는 엄마를 지나 방으로 들어왔다. 눈물의 흔적은 들키지 않은 것 같았다.

불현듯 내 모습이 머릿속에서 곱씹어진다. 나에게 삿대질하면서 주의를 줬던 그 모습은 나를 대하던 부모님의 태도와 몹시 비슷했다. 마음에 들지 않을 때마다 윽박지르고 혼내던 부모님. 우리가 겪은 대부분의 처벌은 훈육이라는 말 아래 감춰져 있지만, 연약한 존재를 향한 분풀이에 불과하다. 보통 그런 어른들은 사과조차 하지 않는다. 자신들이 못된 짓을 했다는 것을 인정할 수 없을 만큼 속이 좁기 때문이다. 나는 절대로 마음에 안 든다는 이유로 분풀이는 하지 않을 거라고 깊게 다짐했다. 연약한 존재에게는 더 그러지 않겠다고 우리 집 고양이를 쓰다듬으면서 가슴에 새겼다.

아이를 대하는 어른의 태도처럼 우리 자신을 대하는 태도도 틀림없이 존재할 것이다. 나를 대하는 엄마와 아빠의 태도가 떠오른다. 울화통이 터진다며 나를 바라보는 엄마, 혀를 차며 나를 비난하는 아빠. 그리고 상담사의 다정한 얼굴이 뒤이어 포개졌다. 상담사는 다 괜찮다고 충분하다고 말하고 있다. 그나마 다행인 것은 태도는 언제든지 내 선택으로 바꿀 수 있다는 것이다. 나는 상담사의 태도를 닮을 것이다. 가까운 어른 중에서 상담사를 선택하는 것은 너무 쉬운 일이라 주저되지 않았다.

상담은 책상을 정리하는 것

상담실의 공기는 다르다. 고요하고 무겁고 적막하다. 비슷한 공기를 마신 적이 있었는데 성당의 성전에서였다. 상담실의 문을 열고 의자에 앉는 순간, 복잡한 마음은 그 공기를 마시고 가라앉는다. 그리고는 평소보다 차분한 마음으로 이야기를 나누게 된다. 상담사는 엄마나 친구, 애인보다 내 이야기를 속속들이 잘 알고 있었지만, 그렇다고 아주 밀접한 관계로 느껴지지는 않았다. 나는 그게 더 편했다.

오랜 기간 상담을 받으면서 알게 된 것은 상담을 받는 일이 매 순간 유쾌하지는 않다는 것이다. 무심코 넘겼던 내 생각이나 감정, 행동들에 대해 지속적인 얘기를 나누면서 어느새 모든 초점이 나에게 모인다. 그때, 보기 싫은 내 모습들이 눈앞에 적나라하게 펼쳐지기 시작한다. 그 모든 게 내 마음의 틀이라는 것, 내 모습이라는 사실을 받아들이는 게 정말 꺼려져서 부정하고만 싶다. 자신을 알아가는 것은 보람되지만, 힘든 일이다.

나는 눈에 조금 힘을 주고서는 물었다.

"선생님은 상담이 뭐라고 생각하시나요?"

상담사라면 '상담'이 무엇인지에 대해서 고민한 적이 있었을 것이다. 만약에 상담사가 생각해본 적이 없다고 한다면 나는 실망감을 감추지 못할 것이다. 나는 상담사의 얼굴을 주시했다. 다행히 내 질문에 당황한 기색은 보이지 않았다. 상담사가 말했다.

"저는 상담이 책상을 정리하는 거라고 생각해요."

질문하는 도중에 머릿속에서 나열된 상담사의 예상 답변은 '내담자의 상처 회복에 대한 조력'이라든가 '마음을 보살피는 것'이라든가 '상처의 치유 과정' 정도였다. 상담이란 책상을 정리하는 것? 의외의 답변이라 조금 놀랐다. 나는 신경을 곤두세워 집중했다.

"사람들은 모두 자신만의 책상을 가지고 있죠. 그런데 책상이 어지럽혀진 사람들이 있거든요."

나는 조용히 고개를 끄덕였다. 그리고 상담사가 이어 말했다.

"저는 상담이 그 책상을 같이 정리하는 거라고 생각해요. 버릴 것들은 상의해서 버리고요. 어지럽혀진 것들은 정리하는 거죠. 그럼 필요한 것들이 어디 있는지 알게 되죠."

책상 하나가 그려졌다. 서랍과 손잡이, 책상다리까지 호두나무 원목으로 만들어진 멋스러운 책상이다. 첫 번째 서랍을 열었다. 그 안에는 첫 기억을 포함한 아주 어린 시절의 기억이 들어있다. 엄마와 헤어진 장면. 엄마를 찾아 떠난 기억. 말을 잘하지 못했던 것. 삼켜버린 마음들. 어린 시절의 기억이 대체로 불쾌한 것들뿐이라 걱정이긴 하지만, 괜찮을 것이다. 그 기억들을 똑바로 바라볼 수 있게 됐으니 이젠 정말 괜찮다.

두 번째 서랍을 열어 봤다. 두 번째 서랍에는 부모님에게 받은 영향들이 들어있다. 폭력과 학대의 흔적. 보호받지 못한 나날들. 부모의 역할을 강요받은 것, 닮아 버린 안 좋은 언어 습관. 정리가 가장 미흡한 곳인 것 같다. 열어 보는 순간 온몸에 분노와 적개심이 퍼져 올라와 얼른 닫아 버렸다. 정리야 나중에 하면 되니 서두를 필요는 없다. 상담사는 언제나 할 수 있는 만큼만 하면 된다고 했으니까.

그리고 세 번째 서랍을 열었다. 그곳에는 성인이 된 이후의 일들이 차곡차곡 들어있다. 가난한 것이 상처가 되었던 일들. 대학교 시절 울면서 보낸 시간. 나를 병들게 한 연애. 가족들과 주고받은 막말들. 죽고자 했던 순간들… 대개 나를 괴롭게 만들었던 일들뿐이지만, 지나간 일로 여겨져 얼마나 다행인지 모른다며 안도의 한숨을 내쉬었다.

네 번째 서랍을 열어 봤다. 다행히 약간의 생기가 돈다. 그 안에는 내가 살고 싶은 삶이 들어 있다. 사람들의 마음을 경청하는 상담사가 된 내 모습. 괴로움에 빠진 사람들을 돕는 나. 내 삶을 소중히 여기며 사는 행복한 내 얼굴. 뛰어나지 않더라도 갈 길을 묵묵히 가는 모습. 괴로운 과거에 사로잡혔을 때는 절망적인 미래가 그려졌지만, 이제는 그렇지만은 않다.

마지막으로 책상 위를 살펴본다. 그 위에는 쉽게 꺼내 쓸 수 있도록 여러 물건이 깔끔히 정리되어 있다. 나를 대하는 태도. 내 마음과 잘 대화하는 요령. 비난에 대처하는 방법. 현명한 선택을 할 수 있는 법. 생각과 현실을 구별하는 기술. 마음을 이야기하는 방법들. 그리고 더 필요한 것이 있다면 차차 준비해서 갖추게 될 것이다.

상담실의 공기를 마시고 상담사 앞으로 돌아왔다. 그리고 조금 떨리는 목소리로 말했다.
"선생님. 이제 제 책상이 많이 정리된 것 같아요."
괜히 눈물이 찔끔 나올 것만 같았다.

상담사가 되고 싶어요

내가 말했다.

"그래서 기분이 좀 나빴거든요."

며칠 전 친구와 술을 마시다 언성이 높아진 일이 있었다. 물론 술의 영향이 어느 정도 있었겠지만, 예전처럼 정신을 잃고 괴팍한 싸움을 하게 된 그런 일은 절대 아니었다. 친구와 나는 '힘들게 자란 사람은 나중에 문제가 꼭 생긴다.', 와 '아니다. 그 경험으로 더 성장한다.'로 의견이 나뉘어서 첨예하게 다퉜다.

당연히 나는 더 성장할 수 있다는 쪽이었다. 모든 사람은 자신을 대변하는 이야기들을 그럴싸하게 만들어 낼 뿐이다. 나는 나름 논리적인 근거를 대 가며 친구를 설득하기 위해 노력했다. "살다 보면 인생도 길고 어떤 일이 생길지 모르는데, 힘든 일도 겪어 본 사람이 더 잘 이겨

낼 거야." 그러나 친구는 끝내 자신의 주장을 굽히지 않았다. 예의 없이 격양된 내 목소리 탓일 것이다. 나는 다음 날까지 빈정이 조금 상했었는데 이제 와 생각해 보니 쓸데없는 다툼이었지 싶다.

내 이야기를 천천히 듣던 상담사가 미소를 지으면서 말했다. 이날은 무거운 분위기가 아니어서(사실 이때쯤에는 비교적 가벼운 대화가 오가는 경우가 많았다.) 대화 중에 미소가 자주 묻어났다. 다행히도 예전 같은 착각은 들지 않았다. 악의 없는 미소에도 나를 비웃고 있다며 넘겨짚는 짓 말이다. 상담사가 말했다.

"둘 다 틀린 말을 아니죠. 힘든 일을 이겨낸 사람은 더 단단한 사람이 되겠지만, 아물지 않고 상처로 남아 있는 사람은 작은 시련도 힘이 부치겠죠."

나는 적극적으로 동조했다.

"맞아요."

상담사가 혹시라도 '부영 씨는 힘든 일을 이기고 성장했으니 더 단단한 사람이 됐을 거예요.'라는 얘기를 꺼내지 않을까. 행여나 그 얘기를 꺼낸다면 쑥스러움에 어쩔 줄 모를 것 같아 긴장하고 있었지만, 상담사는 기어코 그런 말은 하지 않았다. 상담사는 여유롭게 식은 커피를 한 모금 마시더니 말했다.

"저는 누구나 힘든 일을 이겨낼 힘을 가지고 있다고
보는 편이거든요. 사람에 따라서 시간이 오래 걸릴 수 있
지만요."

시궁창 같은 삶을 살던 나에게도 다르게 살 수 있다고
말한 상담사였기 때문에 낙관적인 답변을 할 거란 예상은
하고 있었다. 나도 그렇게 믿고 싶었다. 그리고 그렇게
믿어야만 앞으로 더 잘 살아낼 수 있을 것 같아서 고개를
힘차게 끄덕였다. 상담사가 이어 말했다.

"몇 년 전 일이에요. 저희 집 앞에 작은 나무가 한 그
루 있었어요. 기둥도 약하고 가지도 앙상한 볼품없는 나
무였죠.

"네."

"그런데 어느 날 태풍이 왔어요."

"네."

"저희 가족들은 나무가 그날 밤에 죽게 될 거라고 생
각했어요. 밤새 몰아닥치는 태풍을 이겨 내기에는 너무
약해 보였으니까요."

나는 성실히 대답을 이어 가다가 결말이 궁금해져서
재빨리 물었다.

"그래서 어떻게 되었나요?"

상담사가 말했다.

"제 생각이 짧았죠."

상담사는 입꼬리를 올리더니 다정한 목소리로 말을 이었다.

"멋지게 자신의 모습으로 살아 내고 있더라고요. 태풍을 이겨 내느라 뿌리는 더 단단해지고 기둥은 더 견고해졌고요."

그때 나는, 상담사의 말을 뼛속 깊이 믿고 싶었지만 그럴 순 없었다. 몇 년 전 본 뉴스가 떠올라서 생각들이 반항을 시작했기 때문이다. 내 양팔을 쭉 뻗어도 닿지 못할 만큼의 큰 기둥을 가진 나무가 몰아치는 태풍에 그만 부러져 버렸다는 뉴스가 하필 그때 생각난 것이다.

아마 사람도 그럴 것이다. 힘든 일을 이겨 내고 그전보다 성장한 사람도 있지만, 견뎌 내지 못하고 목숨을 끊는 사람도 많이 있으니까. 그렇지만 상담사도 그쯤은 이미, 나보다 훨씬 더 잘 알고 있겠지. 상담사에게 '이겨내지 못하고 목숨을 끊는 사람도 많다고요.'라고 말한다면 뭐라고 대답할까. 상담사는 태연하게 말할 것이다. '저는 부영 씨가 멋지게 뿌리를 내리고 태풍을 견뎌낸 나무처럼

살 수 있기를 바래요. 그럴 수 있다고 믿고 있고요. 그리
고 어쩌면, 긍정적인 믿음이 역경을 이겨낼 힘을 보태 주
기도 할 테니까요.'라고.

그리고 나는 아주 잠깐. 5초 정도 적막을 지킨 후에
조그마한 목소리로 말했다.

"저. 상담사가 되고 싶어요."

그동안 직접 경험하여 깨달은 것을 잊으려야 잊을 수 없을 것이다. 마음이라는 것이 인간에게 어떤 영향력을 가지는지, 죽고 싶다는 마음이 얼마나 괴로운 것인지, 괴로움 그 자체로 삶이 얼마나 파괴될 수 있는지. 다행스럽게도 나는 괴로움 속에서 살아남았다. 괴로운 사람들에게 도움을 주고 싶다고 말한 그 날 상담사는 망설이지 않았다. 좋은 상담사가 될 수 있을 거라고 꼭 그렇게 될 거라고 확신 있는 지지를 보냈다. 그리고 난, 그 말이 거짓이어도 상관 않고 상담사를 꿈꿀 만큼 상태가 좋아졌다.

"부영 씨의 경험이 내담자를 잘 이해할 수 있게 만들거고 내담자들도 그걸 느낄 거예요. 분명히 좋은 상담사가 될 거예요."

마지막 날이라 그런지 매주 앉았던 의자에도 상담사

머리 위에 걸려 있던 시계에도 책장에 꽂혀 있던 동화책에도 오래된 벽지에도 눈길이 머물렀다. 그렇게 식상했던 것들도 헤어짐 앞에서는 섭섭함만 더하게 했다. 나는 눈꺼풀에 잔뜩 힘을 주고서 뚝뚝하게 말했다. 마지막만큼은 씩씩한 태도를 보이고 싶었기 때문이다.

"어쩐지. 아쉽고 그래요."

솔직히 말하면 아쉬움보다 두려움에 가까웠다. 언제나 늘, 나를 지지해 주던 상담사와 헤어지는 일은 혼자가 되는 일이다. 내일이면 광활한 벌판에 혼자 덩그러니 서 있게 될 것이다. 혼자 걷는 일은 쉽지만은 않겠지만 아쉽다는 표현 이상은 하고 싶지 않았다. 상담사가 말했다.

"그래요. 언제든 힘든 일이 있을 때 다시 와도 괜찮아요."

그렇지만 나는 그때 결심했다. 쓸데없는 고집이겠지만, 웬만하면 상담사를 다시 찾아오지 말자고 말이다. 내 힘으로 살아내 보고 싶었다. 두려운 일이지만 괜찮을 것이다. 이제는 길을 잃는다 해도 주저앉아 울기만 하지는 않을 테니까. 나는 다른 길을 찾는 데 마음을 쏟을 준비가 됐다.

그날은 유일하게 50분의 상담 시간이 여유 있게 느껴졌다. 상담사는 원래 시간에 쫓겨서 말하는 편은 아니었지만, 마지막 날은 더 시간에 구애받지 않았다. 나는 상담사와 슬며시 눈을 마주쳤다. 그리고 처음 만났을 때 어땠는지, 상담을 받으면서 어떤 부분이 달라졌는지, 종결하는 것에 마음은 어떤지, 우리의 긴 상담 여정을 추억하는 이야기를 나눴다.

어느새 시계 분침이 50분을 가리켰다. 나는 니트에 붙어 있는 먼지를 떼면서 옷매무새를 가다듬었다. 그리고 의자에서 일어났다. 상담사는 문 앞까지 나를 배웅해줬다. 나는 마지막 인사로 적당한 것을 골라내느라 잠시 뜸을 들였다. '안녕히 계세요.'를 마지막 인사로 하기에는 너무 정이 없는 것처럼 느껴졌고 '잘 지내세요.'를 하기에는 헤어짐이 과장되는 것 같았다. 나는 신발을 천천히 갈아 신으면서 말했다. 아쉬운 이별 앞에 조화로운 인사말은 찾지 못해서 그냥 아무 말이나 해버렸다.

"가 볼게요. 선생님."

그리고 상담사는 유리문을 열어 주면서 마지막 인사를 건넸다.

"우리가 다시 만나지 않으면 부영 씨가 잘 지내고 있다는 뜻이겠죠. 그렇게 생각할게요."

나는 상담사를 향해 고개를 숙여 가벼운 인사로 답했다. 그리고 상담센터를 나왔다.

3부

우리가 다시 만나지 않으면
잘 지내고 있다는
뜻이겠죠

상담사가 되었다

웬만큼 건강해져서 정신과 진료를 끝내고 심리 상담만 받던 무렵, 어느 날이었다. 머리 꼭대기까지 덮은 이불을 걷고 멍하니 창밖을 바라봤다. 그때 창틀을 지나 안으로 들이치는 빛과 바람의 생소한 감각이 뺨에 닿았다. 그 생소함은 그토록 갈망하던 현실의 감각이었지만, 기쁨의 순간은 아주 잠시 잠깐이었다. 하루가 멀게 내가 벌였던 끔찍한 행동들이 자주 상기됐다. 기억 속 모습은 내 존재의 흔적임이 명백했지만, 마치 내가 아닌 것만 같은 묘한 느낌만 병병했다. 내가 겪은 일이 무엇이고 도대체 어떻게 된 건지. 아무래도 충격이 좀 컸었나 보다.

이 시기에 상담사에게 두어 번 했던 얘기가 있다.

"마치 악몽을 꾼 것 같아요. 꿈을 꾸고 있는 동안에는 그것이 꿈이라는 것을 알지 못했죠. 꿈은 현실을 파괴할 힘 같은 것은 없지만, 그건 깼을 때나 할 수 있는 생각이에요. 저는 꿈이라는 것을 손톱만큼도 눈치채지 못하고 허우적대고 있었어요. 게다가 그 꿈속에서 최악의 내 모습을 보았죠."

악몽 같은 현실에서 그랬다. 어렸을 때부터 겪고 싶지 않은 일들을 경험했고, 그것은 제대로 아물지 못하고 상처가 돼버렸다. 상처는 끊임없이 괴로운 감정을 생성해냈는데 대부분 밖으로 표출되지 못한 채 안으로 쌓여만 갔다. 다 마음을 뱉는 방법을 몰랐기 때문이다.

수없이 삼킨 감정은 하루가 다르게 몸집이 비대해졌다. 급기야는 내 존재보다 커지는 사태에 이르러 나를 집어 삼키고 말았다. 나는 감정이 시키는 대로 할 수밖에 없었다. 작은 일에도 과격하게 화를 분출하며 목소리 높였고 좌절감이 찾아오면 술을 마시고 주정하기 일쑤였다. 불안감이 솟구치는 날엔 땀을 흘리면서 시멘트 바닥 위에 얼어붙기도 했다. 감정의 먹잇감이 된 나는 내 삶을 엉망으로 만들고 있었다. 제일 힘들었던 것도 그토록 소중히 여긴 삶을 스스로 망친다는 것이었다.

만약 그때, 괴로움에 짓눌려 죽어 버렸다면 어떻게 됐을까. 나는 분노하거나 흥분하거나 불안하거나 좌절하는 극단적인 여러 상태에 놓였지만, 그것을 통틀어 괴로움이라 일컫는다. 어떤 감정의 지배를 당하더라도 하루의 끝은 괴로움으로 맺었기 때문이다.

그때 버티지 못하고 삶을 포기했다면, 하마터면 손해를 크게 볼 뻔했다. 괴로움과 삶을 맞바꾸는 것은 한 발 물러나 너그러운 마음을 가진다 해도 불공정한 거래이다. 삶은 괴로움을 담아도 괴로움은 삶을 채 담아내지 못한다. 삶은 괴로움과 비교할 수 없을 만큼 크고 넓으며 글로 표현하기 어려울 정도로 방대한 것이니 말이다. 희망이나 행복이 다시 찾아온다는 것을 모른 채, 세상이 나에게만 가혹하다며 억울한 죽음을 맞았다면 그 끝은 악몽 중에서도 가장 끔찍한 결말이 됐을 것이다.

꿈, 그 자체가 현실을 파괴할 힘은 없다지만, 남겨진 여운은 어떤 영향력이 있기도 한 모양이다. 악몽의 진한 여운은 오랜 시간 나의 몸과 마음을 각성시켰다. 괴로운 사람들을 보면 지난날 내 모습이 함께 겹쳐졌고 그 고통이 가슴으로 생생하게 느껴지기도 했다. 나는 그들을 어떤 방식으로든 돕고 싶었다.

  나는 나와 닮은 사람들을 만나고 있다. 악몽 같은 끔
찍한 현실에 놓여 있지만, 그 결말을 죽음으로 내몰지 않
고 부단히 견뎌 내고 있는 사람을 만나고 있다. 나는 상담
사가 되었다.

내 상태는 이 정도면 됐지

며칠 전 한 네이버 카페에 가입했다. 양극성 장애를 검색해서는 역시 사람이 많은 게 최고지 하면서 회원 수가 제일 많은 곳을 골랐다.

글 때문이다. 어쩌다 책을 내게 돼서 글을 쓰고 있는데 정말이지 너무 어렵다. 마음을 다잡고 흐릿해진 기억에 부족한 실력으로 꾸역꾸역 글을 쓰지만, 다음 날 읽어보면 한숨부터 나온다. 읽을수록 형편없는 글솜씨를 맞닥뜨리고는 한없이 부끄러운 마음이 드는데 그럴 때는 글이고 뭐고 노트북을 쾅 닫고 싶은 충동이 몰려온다. 부족한 실력이야 어쩔 수 없다지만 흐릿한 기억이라도 내 경험과 비슷한 글을 읽으면 선명해지지 않을까 해서 카페에 가입했다.

그 카페 이름은 누가 지었는지, 양극성 장애와 관련성

을 전혀 찾아볼 수 없게 생뚱맞았다. 어마어마한 회원 수만큼 게시판에는 많은 글이 올라왔다. 안타까운 것은 댓글 수가 좀 적다는 것이다. 드물게 댓글 수가 많은 글을 눌러 보면 '힘내세요.', '멋져요~ 파이팅!' 같은 성의 없는 응원 글뿐이었다.

그런데 이틀이 멀다 하고 주기적으로 올라오는 글이 있었다. '혹시 단약 하신 분 있나요?', '완치되신 분 있나요?'와 같이 희망을 찾는 글이다. 그 글을 발견한 순간에 기분이 착 가라앉았다. 나아지길 간절히 원했던 때의 내가 떠올랐기 때문이다.

언젠가 주말 드라마에서 유사한 장면을 본 것도 같다. 주인공은 산을 오르다가 다리를 크게 다쳐 길을 헤맨다. 하늘은 점점 어두워지는데 엎친 데 덮친 격으로 핸드폰 배터리마저 방전되고 만다. 주인공은 목소리가 닿을 거리에 사람이 없다는 것을 알지만 있는 힘껏 외친다. "거기 누구 없어요?" 그렇지만 돌아오는 것은 "거기이 누구우 없어요오?"같은 잔인한 메아리뿐이다. 고통과 불안 속에서 살아남으려는 인간의 모습은 다름없다. 내가 그랬듯, 양극성 장애는 완치가 어렵다는 것을 당사자들은 모두 잘 알고 있지만 간절한 마음에 한 번 소리쳐 보는 것이다.

나는 용기가 좀 없는 편이다. 그 게시물 아래에는 '약은 평생 먹어야 해요.', '약만 잘 챙겨 먹으면 재발을 막을 수 있어요.' '계속 관리하면 사회생활은 가능해요.'와 같은 글들이 주렁주렁 달려 있는데 다수의 목소리를 뚫고 '저 단약 했어요!! 게다가 상담사도 되었어요.'라고는 차마 달 수가 없었다.

그런 댓글을 달았다가는 어떤 누군가는 글의 신빙성을 의심할지도 모르며 단약이 불가능하다고 생각하는 사람들은 시비를 걸지도 모른다. 그리고 그보다 두려운 것은 간절한 누군가가 내 경험에 희망을 품고 단약하는 것이다. 그건 그 자체로 아주 위험하고 끔찍한 일이니 아무 말하기 힘들었다.

그때 용기를 내서 댓글을 썼다면 어땠을까.

[저는 단약을 했어요. 그리고 상담사가 됐어요. 그렇지만 완벽하게 평온한 마음을 가지고 있지는 않아요. 모름지기 상담사라면 평온한 마음을 유지할 줄 알았지만, 아니더라고요. 다들 자신만의 방법으로 살아낼 뿐이었어

요. 괴로움이 찾아오면 콘서트장에 가서 소리를 빽 지르거나 술을 마시고 펑펑 울기도 하며 몇 날 며칠을 잠만 자기도 한 대요. 그들도 저와 별로 다르지 않았죠.

저는 아직도 마음이 가끔 시끄러워요. 정말 가끔이에요. 컨디션이 안 좋으면 더 자주 그렇고요. 요즘은 조증과 울증이 혼재돼서 찾아올 때처럼 제 안에 많은 것들이 싸우는 것을 발견하곤 해요. 그러니까 누군가를 너무 사랑해서 함께 있고 싶지만, 죽이고 싶을 만큼의 분노가 생길 때도 있고 최선을 다해서 열심히 살고 싶지만, 삶이 허망해서 포기하고 싶다는 생각을 하기도 하고요. 가족들이 고맙게 생각되다가도 혈혈단신이면 좋겠다는 비정한 생각을 하기도 해요. 그렇다고 이런 싸움들이 제 삶을 해치지는 못해요.

그러니까 저는 이전과 전혀 다른 마음을 가지게 된 것은 아니에요. 이건 분명히 해 두고 싶어요. 치열한 전쟁터였던 마음이 어쩌다 시끄러워지는 정도로 싸움의 빈도가 줄었어요. 그리고 그냥 이 정도면 됐지 싶어요. 하고 싶은 일을 하고 만나고 싶은 사람들을 만나는 데 별 무리가 없으니까요.

어제 오랜만에 애인이랑 의미 없는 사랑싸움을 했는데요. 애인이 그러더라고요.

"맨날 불만 많고 짜증이야."

제가 웃으면서 말했죠.

"나 양극성 장애 환자인 거 몰라? 이건 증상이라서 어쩔 수 없어."

그러자 애인이 불만스럽게 말했어요.

"넌 이럴 때만 양극성 장애 환자라고 하더라."

그런데 정말 이 정도면 됐지 싶어요. 양극성 장애라는 진단명이 저의 엄청난 결함처럼 느껴졌었는데 말이죠. 이제 제 입으로 말할 정도로 지난 일이 진짜 지나갔으니, 이 정도면 됐지 싶어요.]

더 일찍 찾아갈 것을

나는 '쩽쩽이'로 불렸다. 제법 어렸을 때부터 '쩽쩽이'로 불렸다. 아빠는 내 이름 대신에 '쩽쩽이'라고 불렀다. 방문을 열거나 TV를 보거나 밥을 먹을 때에도 나는 짜증이 잔뜩 묻어난 목소리로 말했다. "짜증나. 정말. 하기 싫다고. 내가 왜 해야 되는데. 말도 시키지 마. 짜증 나니까. 그래서 어쩌재쩽쩽쩽쩽!" 그러다 아빠가 "쟤는 항상 쩽쩽 댄다."라고 말하면서부터 나는 '쩽쩽이'라고 불려야 했다. 그리고 지금도 나는 아빠에게 '쩽쩽이'라고 불린다.

아빠는 전라도가 고향이라 사투리를 섞어 쓴다. 친척들과 고스톱을 칠 때는 더 능숙한 사투리를 들을 수 있는데 "아따~ 싸 부렀엉."이라든가 "쬐까 봐주쇼." 같은 된소리가 많은 말들이었다. 나는 지겹게 들은 '쩽쩽'이라는 말이 입에 힘을 주면서 뱉어야 그 맛이 사는 된소리라 당연히 전라도 사투리겠거니 했다. 게다가 아빠를 제외한 누구에게도 '쩽쩽'이라는 단어를 들은 적이 없어서 더 그랬지 싶다.

아무래도 '쩽쩽'은 사투리니까 '투덜' 정도로 바꿔서 글을 써야겠다며 검색을 해 본 순간 적잖이 당황했다.

쩽쩽: [부사] 조금 언짢거나 못마땅하여 자꾸 보채거나 짜증을 내는 모양.

이게 어찌 된 일인가. 표준어라니. 살펴보니 대체로 '쩽쩽'이라는 단어는 햇볕이 강렬하게 내리는 모양새로 사용되고 있었다. 짜증을 내는 모양의 '쩽쩽'이라는 표현은 찾아보기 힘들었는데 어찌 생각해 보면 그럴 만도 한 것 같다. '쩽쩽'이라는 표현이 인기 있을 리 없으니까. 수없이 직접 들어 본 내 경험에 의하면 '쩽쩽댄다.'는 말이 귀에 꽂히는 순간 오히려 불쾌함이 솟구치고 짜증만 가중된다. 그럼 더 못마땅하게 쩽쩽댈 수밖에 없는 것이다. 도움은 고사하고 불난 집에 부채질하는 격이니 '쩽쩽'이란 표현을 못 쓰는 것이지 싶다.

불확실한 내 기억에 따르면, 내가 본격적으로 쩽쩽대

기 시작한 것은 초등학교 고학년 때쯤이었던 것 같다(아마 별명은 그보다 몇 년 전에 붙여진 것 같지만). 쩅쩅대는 것은 성질만 부리면 될 것 같지만, 그렇지 않다. 나름 논리적인 말들을 붙여 따지듯 성질을 부렸기 때문에 초등학교 고학년 때쯤 무난히 가능했을 것이고 그것이 맞을 것이다.

나는 그때, 상담사를 찾아가야 했다. 스스로 찾아갈 수 있는 나이가 아니었으니 상담사에게 데려다줄 수 있는 어른이라도 옆에 있었다면 좋았을 것이다. 나의 모든 말 속에 짜증이 묻어나왔다는 것은 화가 났다는 것이고 사는 게 힘들다는 뜻인데 어른들은 성격이 별나다며 웃어넘겼다. 만약에 나의 쩅쩅대는 증상을 눈여겨본 어른이 있었다면, '쩅쩅이'라는 별명은 추억 속에 묻어두고 나이에 맞는 우아한 별명을 얻고 살았을지도 모르겠다.

어렸을 때, 상담사를 만났다면 어땠을까? 그렇게 됐다면 내 삶은 상상하기조차 어려울 만큼 달라졌을 것이다. 자기표현을 잘하고 실수에도 잘 견디는 아이가 되어 중학교 시절을 보냈을지도 모를 일이니까. 고등학교에 들어가서는 꿈을 향해 묵묵히 나아가는 본받을 만한 아이가 됐을 수도 있고. 졸업하고는 미대에 가지 않았을 수도 있겠지만, 미대에 갔더라도 이불 속에서 청춘을 보내지는 않았을 것이다. 아마도, 자살 같은 참혹한 것은 생각지도 않고 삶에 의구심 없이 잘 살았을 테다. 그러니 혹시 어떤 증상이 있다면 재빨리 전문가를 찾아가기를 바란다. 특히 '쨍쨍이'이라는 별명을 가진 아이가 있다면 더더욱.

정신과든 상담 센터든 어디든 유능한 전문가가 있는 곳으로 더 일찍 가는 것이 시간을 버는 일이라고 생각하는데 한 가지 피해야 할 부류의 전문가는 있다. 약물이든 심리 상담이든 자신의 접근 방법이 진리라고 믿는 사람들이다. 이런 믿음은 전문가들의 협력적 관계를 해치고 내담자의 정신 건강을 위한 다양한 모색을 막는다.

때때로 일부의 정신과 의사들은 모든 증상이 뇌의 생물학적 문제라며 약물을 복용하는 게 가장 효과적이라 말하고, 극히 일부의 상담사들은 심리적 원인으로 증상이 나타나기 때문에, 심리 상담의 효과가 가장 좋다고 말한다. 그렇지만 그것은 내담자를 위한 말들이 아니다. 자신의 직업이 더 가치 있다고 우기려는 심보일 뿐이다. 나에게도 심리 상담이 최고라고 믿던 철부지 시절이 있었으니까.

　그러니 어디든 도움이 된다면 망설이지 말고 더 일찍 찾아가기를 당부한다. 쩽쩽대는 증상을 놔뒀다가는 우울해지다가 조증까지 추가되는 극한의 고통을 느껴야 할지도 모르니까. 상담사를 더 많이 찾아갔으면 좋겠는 마음이 티끌만큼 남아 있긴 하지만….

당분간 숨어 있을걸

세상이 두렵게 느껴질 때면 영영 사라지고 싶었다. 그럴 때면 방 안으로 숨어 들어갔다. 조용한 방 안에 혼자 있으면 세상에서 사라진 것 같은 고요함이 전해져 버틸만했다.

스스로 한심하게 느껴지면 더 심한 두려움이 찾아왔는데 그 두려움의 형태는 공포심에 가까웠다. 공포가 휘몰아친 어느 날. 방 안에 있는 것만으로 만족 못 했던 나는 침대 옆에 낡은 장롱을 발견했다. 어린 시절 장롱에 숨었던 기억을 떠올리며 장롱 안으로 들어갔다. 이불 더미 위에 몸을 쪼그려 세상이 나를 발견하지 못하게 숨어 있었다. 그러나 쾌쾌한 공기에 숨이 막혀 오래 있기는 힘들었다.

지금은 장롱에 들어가지 않는다. 그럴 만한 일이 있

었다. 마지막으로 장롱에 들어간 날. 그때쯤엔 약물 부작용으로 체중이 급격하게 불었기 때문에 장롱 문이 꽉 닫히지 못해서 1센티 정도 틈이 벌어졌다. 그 문틈으로 빛이 새어 들어왔다. 나는 문에 눈꺼풀을 바짝 붙여서는 내 방을 처음 보는 것 마냥 구경하기 시작했다. 그런데 그때다. 내 눈앞을 가까이 가로막는 투명하고 노란 무언가. 우리 집 고양이의 눈이었다.

벼락이 치면 서랍에 숨고 택배 상자에 숨고, 베란다 구석에 숨었던 고양이에게 겁이 많다고 놀려댔건만, 장롱에 숨어 있는 모습을 들키고 말다니. 우리 집 고양이는 자신보다 더 꽁꽁 숨는 것에 성공한 내가 부러웠을지도 모른다. 그렇지만 고양이에게 들키면서 생긴 수치심은 나를 다시 장롱 안으로 들어가지 못하게 만들었다.

나는 들킬 일 없이 완벽하게 숨기를 결정했다. 정신과 의사에게 입원 절차에 대해서 물었다. 의사는 입원이 어려운 것은 아니니 원하면 안내해 주겠다고 말했다. 그러나 나는 결과적으로 입원하지 못했다. 한 달에 3~400만 원이나 하는 엄청난 입원 비용 때문이었다. 수입이 없던 나에게 입원 비용은 오로지 부모님의 몫이 됐기 때문에 조용히 단념할 수밖에 없었다. 그런데 방금 검색해 보니 100만 원 미만으로 갈 수 있는 곳도 많단다. 뭐가 어떻게 된 건지 모르겠다. 기억이 왜곡된 것인지, 그 사이에 복지가 좋아진 것인지. 아무튼, 나는 비용 때문에 입원하지 못했다.

그렇지만 나는 입원했어야 했다. 어떻게든 당분간 숨어 있어야 했다. 비용이 많이 들더라도 그랬어야 했다. 도저히 입원이 불가능했다면 방구석에라도 숨어 들어갔어야만 했다. 그것도 어려웠다면 최소한 장롱에라도 숨어 있어야 했다. 쾌쾌한 공기가 견디기 힘들었어도 그랬어야 했다. 그랬다면 끔찍한 삶의 한 토막이 세상에 노출되지 않았을 것이다.

나는 그 시절 사람들의 콤플렉스를 비웃음거리로 만들거나 처음 보는 사람 앞에서 무례하게 행동하며 격하게 화내는 일이 잦았다. 아무리 그래도 친구들한테만큼은 그런 미안한 짓을 하지 않았으면 좋았을 텐데. 그랬다면 건강해져서 친구들을 다시 만났을 때 당당했을 텐데 아쉽다. 현실은 당당하기는커녕 수치스러울 따름이다. 친구들은 "그때 부영이랑 정말 같이 있기 힘들었지."라거나 "부영아. 기억나? 니가 걔한테 말했던 거. 진짜 통쾌했는데(웃음)."같은 말들을 하곤 했는데 그럴 때는 너무 곤욕스러워서 움츠린 몸으로 집에 돌아가야 했다. 친구들은 무례한 농담이 자신을 향할 때는 같이 있기 힘들었다고 말했지만, 그것이 다른 사람을 향했을 때는 통쾌하다며 웃었다.

수치심과 함께 나에게 남은 건 관계의 단절이었다. 만난 기간이 짧은 순으로 끊어져서 지금 옆에 있는 사람들은 대개 오래된 친구다. 오래된 친구들은 나를 위로하기 위해 말한다. 이번 기회에 불필요한 관계가 정리된 것이니 차라리 잘된 일이라고. 그러나 열두 번을 따져 봐도 좋은 일은 아닌 것 같다. 나를 위로하려는 친구들의 마음이 고마워 말하진 못했지만, 좁았던 인맥마저, 심지어 안 좋은 인상을 마지막으로 끊어진 관계를 좋게 보려야 볼 수 없다. 관계의 단절은 가혹한 후회를 불러왔다. 후회는 나를 종종 다그치며 괴롭힌다. 세상에 불필요한 관계는 존재하지 않는데 왜 그딴 형편없는 행동으로 사람들을 떠나게 했냐며 말이다. 모두 내가 한 행동이니 남은 후회는 내가 짊어져야 할 테지만, 말처럼 쉽지만은 않다.

이렇게 후회됩니다. 그러니 누군가, 특히 소중한 사람이 후회할만한 괴상한 행동을 하고 다닌다면, 돌아왔을 때의 수월한 생활을 위해서 잠시 격리돼서 지낼 수 있게 도와주세요. 그리고 저로 인해서 상처받으신 분들께 죄송한 마음을 전합니다.

포기하지 말 것을

논문을 쓰기 위해서는 수준에 맞는 적당한 연구 주제를 찾아 그것에 맞게 계획을 세우고 되지도 않는 영어를 쥐어짜서 여러 문헌을 요약하여 근거를 만들어야 하며 실험 후에는 그럴싸한 결론으로 지도 교수를 포함한 다른 교수들에게도 통과가 되어야 한다. 한 문장으로 말하자면 엄청나게 골 아프고 복잡한 과정이다. 나는 논문의 골 아프고 복잡한 과정 앞에서 잠깐 주저앉았었다. 마음이 채 튼튼해지지 못해서 그랬을 것이다. 견고하지 못한 마음은 작은 스트레스에도 틈이 벌어졌고 그 사이로 안 좋은 습관이 새어 나왔다.

'포기할까?' 익숙한 소리가 들려왔다. 귀를 기울여서 들어야 할지, 모르는 척해야 할지 몰라 망설이고 있을 때 생각은 더 유혹적으로 말했다. '그건 너무 어렵고 해낼 수 없을지도 모르고 말이야.' 생각의 문제는 너무 그럴듯해서 무시하기 힘들다는 점에 있다. 나는 늘 그랬듯 침대에 누웠다. 그러자 생각은 원하는 것을 이룬 것처럼 잔뜩 신이 난 목소리로 말했다. '그래. 차라리 쉬는 게 낫지. 실패한다면 시간을 낭비하는 일이잖아.'

그렇지만 포기도 쉽지는 않았다. 포기한다면 큰 대가를 치러야 한다는 것을 알고 있었기 때문이다. 논문을 포기한다면 학위를 취득하지 못하는 것이기에 비싼 등록금을 날리는 대가를 치러야 했다. 수료만 한 상태로 상담사 되는 것은 무리라 꿈을 이루지 못하는 대가를 치러야 했다. 그리고 가장 큰 대가는 작은 문턱만 생기면 도망가 버리는 겁쟁이가 나라는 사실을 받아들여야 하는 것이었다.

논문을 빨리 써야 될 텐데…. 중얼거리며 누워만 있으니 머리만 바삐 움직였다. 생각은 침대 위에 가만히 있는 내 몸은 고려치 않고 나를 저 멀리 던져 놓았다. 자기 멋대로 상상의 나래를 펼치기 시작한 것이다. '학습된 무기력'을 발견한 마틴 셀리그만처럼 엄청난 논문을 써내는 허무맹랑한 상상에 갇힐 때도 있었다. 심지어 어떤 날은 미국 심리학회 회장 자리에 내가 앉아 있기도 했다. 그런 날은 실제로 의기양양한 콧대가 하늘을 찔렀다. 하지만, 생각이 나를 반대쪽으로 옮겨 놓은 날도 있었다. 최악의 논문을 써내서 사람들의 비웃음거리가 된 이야기 속 주인공으로 꾸며 내기도 했으니까. 그럴 때는 생각만으로도 얼굴이 달아오를 만큼 열등한 자신에 몰입되어 괴롭기까지 했다.

그 상태로 1년이나 흘렀나 보다. 어느 날 전화가 왔다. 드르륵. 울리는 진동 소리에 핸드폰 화면을 바라봤다. 화면에 당당히 뜬 지도 교수의 이름을 확인했을 때 긴장감이 고조되어 아래팔에 닭살이 돋았다. 1년 동안이나 도망쳐 있었으니 죄송한 마음에 더 그랬을 것이다. "여보세요." 애써 태연한 척 전화를 받았다. 지도 교수는 혹시나 몸이 아파 연구를 못 하는 것인지 안부를 묻고는 말했다. "그래. 부영아. 이제 논문 써야지." 그리고 나는 1년 동안의 포기가 무색하게, 그렇게 간단히, 지도 교수의 전화 한 통으로 논문을 쓰기 시작했다.

이상했다. 막상 논문을 쓰기 시작하고 난 후부터는 괴롭지 않았다. 묵묵히 할 일을 하는 동안에 생각은 오늘과

내일에 머물러 있었다. 나를 휘두르지도, 어디 먼 곳에 데려다 놓지도 못했다. 나를 거만하게 마틴 셀리그만으로 만들지도 못했고 비웃음거리가 되는 이야기 속에 주인공으로 날조하지도 못했다. 한 달에 한두 번 정도는 나를 한심한 인간으로 만들 때도 있었지만 그 정도는 참을 만했다.

돌이켜 보면 생각은 내가 포기한 모든 순간에 달려들었다. 현실에서 어떤 것도 시도하지 않은 순간은 결과의 무궁무진한 가능성이 차지하게 되는데, 그 공간은 꼭 생각의 놀이터가 되고 만다. 생각은 괘씸하게도 정도가 없다. 나를 어떤 사람으로든 만들 수 있고, 어디로든 보낼 수 있으며 아무 상황에 처하게 할 힘이 있었다. 나는 생각의 영향으로 벅차기도 했고 좌절감을 느끼기도 했지만, 다 소용없는 일이었다. 그것은 언제까지나 생각일 뿐이었다. 현실에서 나는 방 안, 침대 위에 그대로 누워 있었다.

생각 속에서 일어나는 일들은 삶이 아니다. 생각 속에서는 꿈을 이룰 수도, 사랑을 나눌 수도, 진짜 실패를 경험할 수도 없으니 그럴싸한 허구의 세상쯤밖에 되지 않는다. 더는 실체 없는 두려움이 싫다. 나는 실패하더라도 현실 위에서 넘어지고 싶다. 물론 그것도 쉽지 않겠지만.

하느님 말 듣지 말 것을

손톱깎이를 찾으러 안방에 들어간다. 엄마가 보인다. 엄마는 적당한 두께의 이불을 깔고 그 위에 앉아 있다. 엄마가 나를 불러 세운다. "부영아. 저기 달력에 뭐라고 쓰여 있는지 봐줄래?" 거울 옆에 걸려 있는 달력의 날짜 아래에는 휴일이고 평일이고 '환', '빛', '고', '영'이 반복적으로 쓰여 있다. 조화롭지 않은 글씨의 모양으로 보아 엄마가 쓴 것 같다. 엄마는 글씨는 알아보기만 하면 된다고 모양 따위는 신경 쓰지 않았으니까. "엄마. 영이라고 써 있는데?" 엄마는 고개를 끄덕이며 혼잣말을 한다. "그래. 영광의 신비." 그리고 촌스러운 구슬이 연달아 달린 묵주를 엄지손가락으로 세어 가며 긴 기도를 시작한다. 엄마는 하루도 빼먹지 않고 환, 빛, 고, 영의 순서를 지키며 기도를 했다.

몇 년 전, 엄마는 혼자 떠나고 싶다고 했다. 나는 잘됐다며 엄마의 결정에 힘을 보탰다. 날이 갈수록 왜소해지는 엄마의 무릎과 기형적으로 커지는 손가락 마디가 눈에 밟혔기 때문이다. 매일 투덜대는 주제에 엄마의 삶이 측은하다며 마음 아파하다니. 어쨌거나 나는 엄마의 여행을 적극적으로 응원했다. 엄마도 혼자 쉬다 보면 무릎과 손가락 마디가 좀 평범해지지 않을까.

그렇게 엄마는 5박 6일의 휴가를 받아서 수녀원으로 피정을 떠났다. 나에게 여행이라는 것은 취향이 잘 맞는 사람과 날씨가 좋은 곳으로 떠나는 것이 최고였긴만, 엄마는 신앙심을 키우는 것에 휴가를 써 버렸다. 언젠가 엄마는 나도 나이가 들면 자신처럼 신앙생활을 열심히 하게될 거라고 말했지만, 아무래도 그건 아닐 것 같다. 중학교 2학년 때 "하느님은 없으니 성당에 다니지 않을 거야."라고 엄포를 놓고는 지금까지 성당에 잘 가지 않는다.

성당에 열심히 다녔을 때도 있었다. 성가를 무척 좋아했던 것은 열심히 다녔던 이유 중 하나였고. "귀염둥이 마르첼리노 장난꾸러기. 말썽 피우던 어느 날 다락방에 올라가 십자가의 예수님을 만나게 됐지. 그 후부터 장난꾸러기 착한 아이가 됐네. 마르첼리노~ 귀염둥이 꼬마~."
노래를 목청 높이 부르면서 성당에 꼬박꼬박 나갔다. 노
래를 부를 때면 나도 마르첼리노처럼 착한 아이가 된 것
같았다. 마르첼리노처럼 진심을 모아 기도한 날도 많았
다. 작은 두 손을 꼭 모아서는 전쟁이 일어나지 않게 해
달라고 하거나 731부대 희생자들을 좋은 곳으로 보내 달
라며 눈물을 뚝뚝 흘렸다. 그 당시 전쟁 기념관에서 봤던
영상들에 충격을 받아서 기도 내용이 죄다 그랬다.

초등학교 3학년이 됐을 때 처음으로 고해 성사를 보
게 됐다. 나무로 된 문을 열고 들어가면 아주 좁은 칸 안
에 무릎을 꿇고 앉는다. 옆 칸에 신부님이 계시는데 가림
막이 되어 있어 서로가 잘 보이지 않는다. 그 안에서 신부
님께 지은 죄를 고백해야 하지만, 나는 그게 끔찍이 싫어
도망가고 싶었다. 싫어한 이유는 간단한데 죄를 생각해
내는 게 어려웠기 때문이다. 아무리 생각해 봐도 고백까
지 해야 할 정도의 죄를 지은 일은 없는 것 같았다.

엄마에게 말도 해봤지만, 소용없었다. 엄마는 사람은
누구나 죄가 있다고 답했다. 설령 죄를 찾지 못했다고 해
도 마음의 잘못이라도 끄집어내면 될 일이라고 엄마는 나

를 다그쳤다. 나는 저항의 다른 논리는 찾지 못했다. 그렇게 엄마의 말을 따라 마음의 죄, 그러니까 미움, 분노, 시기 같은 것들을 끄집어내서 고해하기 시작했다. 심지어 마음의 죄조차 잘 떠오르지 않으면 거짓으로 죄를 지어내면서까지 고해 성사를 봤다.

나는 자연스레 마음에 죄를 입히며 경계했다. 친구에 대한 시기와 질투, 동생에 대한 미움, 부모에 대한 원망이 생길 때마다 큰 죄를 지었다는 생각에 사로잡혔다. 나쁜 마음들을 발견이라도 하면 꾹꾹 눌러 삼키고 애써 모른 척했다. 안간힘을 써도 나쁜 마음이 스멀스멀 올라오는 것이 느껴질 때도 있었는데 그럴 때는 가슴 안으로 소리쳐 경고했다.

'넌 정말 나빠. 그렇게 느껴서는 안 된다고!!'

그렇지만 마음에 죄를 입혔으면 안 됐다. 마음에 죄를 입히지 않았다면 분노든 원망이든 슬픔이든 괜찮다 여기며 스스로에게조차 숨기는 일은 없었을 테니까. 그랬다면 어떤 마음이든 마땅히 수용하며 살았을 것이고 마음을 삼키는 습관 따위는 생겨났을 리도 없다. 그렇게만 됐다면 괴로움에 허덕이는 시간은 줄었을 것이다. 괴로운 시간이 준다는 것은 그것이 단 하루라 할지라도 매우 고귀한 것이다.

엄마는 마음을 착하게 먹어야 죽어서 하느님 나라에 간다고 말했지만, 나는 필요 없다고 했다.

"엄마. 어차피 하느님은 없어. 그리고 있다고 해도 왜 마음을 착하게 먹어야 해? 행동이 죄가 있는 거지. 마음이 무슨 죄가 있겠어?"

그러자 엄마가 역력하게 안타까운 표정을 지으며 말했다.

"부영아. 넌 어차피 하느님의 딸이니까. 죽어서 하느님 나라에 가는 거야."

나는 입술을 꽉 깨물며 받아쳤다.

"아니야. 나는 엄마 딸이야."

마음을 삼키는 습관

나에게는 마음을 삼키는 습관이 있었다. 그러나 더 솔직해지자면 '있었다.'라고 쓰기에는 습관이 아직 조금 남아 있는 것도 같다. 그렇다고 '습관이 있다.'라고 쓰기에는 거의 없는 것 같고. 아무래도 '마음을 삼키는 습관이 있었지만, 거의 없어졌다.' 정도로 표현하는 것이 적절하지 싶다.

언제부터 그런 몹쓸 습관이 있었냐고 물어본다면 좀 곤란하다. 마치 없었던 적이 기억나지 않을 만큼 습관은 내 몸에 바짝 붙어 있는 느낌이다. 나는 마음을 삼키는 습관을 갖고 태어났을지도 모른다. 기질이라는 것이 이런 게 아닐까 싶지만 그렇다고 '마음을 삼키는 기질'로 부른다면 상담사답지 않게 너무 염세적이라 습관이라고 부르기로 했다.

며칠 전 저녁 식사를 준비하는 엄마에게 물었다.

"엄마. 나 아파도 안 울었다고 한 게 몇 살 때야?"

엄마는 양파를 능숙하게 썰던 칼질을 멈추고 말했다.

"네 살 때? 맞아. 그때부터 네가 잘 참았지. 어른스러 웠어."

그 순간 나는, 마음을 꿀꺽 삼켜버렸다. 습관과 엄마 는 어떤 관계인 걸까. 엄마 앞에만 서면 마음을 삼키는 습관이 되살아난다. 만약 엄마에게서 안전감을 느꼈다면 마음을 잘 뱉었으려나. 엄마에게 전달되지 못한 마음은 명치를 맴돌아가 내 입천장을 툭툭 두드렸다.

'엄마. 어른스러워서 그런 게 아니야. 그건 마음을 삼 키는 습관이라고. 아주 몹쓸 습관이야.'

엄마는 나에게 마음을 삼키는 습관이 있었다는 것을 몰랐고 앞으로도 모르겠지만, 그렇다고 해서 엄마의 탓은 아니다.

나는 꽤 말괄량이였다. 겁이 많아서 낯은 많이 가렸지 만, 위험한 사람이 아니라고 판단되면 사람들이 기겁할 정도로 까불어댔다. 개그맨의 유행어를 흉내 내거나, 하 루 종일 어른들 등에 매달려서 노래를 부르고 다니는 꼬 마에게 마음을 삼키는 습관이 있다는 것을 알아차리는 것은 쉽지 않은 일이다. 그게 엄마였어도.

나도 정말 몰랐다. 목구멍에 넘어가는 마음을 눈으로 본 적도 없거니와 삼킨다고 해서 증상이 바로 나타나는 것도 아니어서 그런 몹쓸 습관이 내 정신 건강을 해치고 있다는 것은 눈치채지 못했다. 그렇게 습관은 내 눈을 피해 자랐다. 나는 형형색색의 마음 중에서도 유독 분노를 삼키는 일이 많았다. 분노를 표현하는 것이 제일 난감하고 곤란했기 때문이다. 삼킨 분노는 소멸되지 않고 안으로 차곡차곡 쌓여 갔다. 수천 번 삼킨 분노가 속눈썹 아래까지 쌓였을 때 마침내 세상이 뿌옇게 보이는 지경에 이르렀다.

세상이 온통 분노로 가득했다. 오래된 친구와의 익숙한 장난에도, 동생들의 말투에도, 엄마의 태도에도 쉽게 분노하곤 했다. 분노는 방향을 반대로 트는 짓도 서슴지 않았다. 사람들이 나에게 분노하고 있다는 심각한 착각에 빠지는 날도 있었으니 말이다. 그들의 눈빛에서 '임부영. 한심한 인간. 모든 건 네 잘못이야. 넌 정말 최악이라고.'와 같은 강렬한 분노를 읽고는 씩씩거리며 하루를 보내기도 했다. 결과적으로 모든 건 내 분노였지만 말이다.

삼키는 습관을 버려야겠다고 작심한 결정적인 이유는 그 분노가 나를 향할 때가 있었다는 것이다. 다른 것과 견줄 필요 없이 그때가 가장 괴로웠다. 분노는 언제나 대상을 필요로 하는데 고독한 방에 혼자 있을 때면 분노의 대상은 내가 돼야만 했다. 그렇게 멋대로 나를 겨냥한 분노는 분노하기 위한 아무런 이유를 만들어 냈다. 게으르다고 나에게 분노했다. 마음이 약해 빠졌다며 분노했다. 왜 이렇게밖에 살지 못하냐며 분노하기도 했으며 심지어, 분노를 쏟아 낸다며 분노하기까지 했다. 분노는 끝이 없었다.

마음을 뱉는 일

친구들과 커피를 마시는 중에(나는 커피를 마시지 않지만, 편의상 커피를 마신다. 혹은 커피를 마시러 가자는 등의 표현을 쓴다.) 내 '데스노트'가 이야깃거리가 됐다. '데스노트'는 핸드폰 메모장에 쏟아 쓰는 마음이다. 삼켜온 마음이 스멀스멀 올라올 때면 메모장을 켜서는 닥치는 대로 쏟아 쓴다. 부모님이나 동생, 친구, 애인 같은 가까운 사이부터 얼굴도 잘 모르는 아주 먼 사이까지 누구든 데스노트의 주인공이 된다. 아주 먼 사이라 해도 데스노트에 쓰인 순간부터 심적으로 매우 밀접해지는 것이지만.

나는 자몽 주스를 건네받으며 말했다.
"데스노트 쓰는 거 좋은 것 같아."
그러자 무리 중에서 모범생티가 줄줄 흐르는 친구가

말했다. 친구는 항상 머리를 반듯하게 묶었고 건강한 식단에 관심이 많았다.

"음⋯. 나는 좀 걱정이 돼."

나는 가라앉은 자몽 알갱이들을 빨대로 휘휘 저어서는 친구의 표정을 살폈다. 친구가 이어서 말했다.

"그렇게 느끼는 대로 쓰다 보면 그 감정에 집중하게 될 것 같은데. 그 사람을 더 미워하게 될 것 같아."

말이 끝나는 순간 친구에게 '데스노트'를 보여주지 않았다는 것에 안도했다. 메모장에는 가식 없이 늘어놓은 욕설과 말도 안 되는 저주들이 한 바닥 쓰여 있는데 친구가 우연히라도 봤다면 걱정으로만 끝나지 않았을 것이다. 친구의 우정은 걱정을 심각한 염려로 바꿔 놨겠지. 내가 말했다.

"더 미워지거나 하지는 않을 거야. 혹시 내가 죽어 버리라고 저주를 퍼붓다가 그 사람을 진짜 죽이기라도 할까 봐 그래?"

친구는 약간의 미소를 띠고 고개를 저었다. 움직이는 고개의 모양은 내가 너무 앞서 나갔다는 친구의 에두른 표현이었지만, 나는 못다 한 말을 갖다 붙였다.

"그런 마음을 가졌다고 해서 꼭 그렇게 행동하는 건

아니야."

사람들은 '데스노트'를 쓴다는 얘기를 들으면 대부분 말린다. 그렇게 내밀한 곳에서조차 합리적인 마음을 가져야 한다며 나를 설득한다. 내가 유별난 걸까? 내 안에는 말도 안 되는 비합리적이고 모나고 이상한 마음이 존재함을 몇 번이나 확인했는데. 역시 이름을 '데쓰노트'라고 붙인 게 화근인 걸까? 평범하게 '감정 일기' 정도로 이름 붙였다면 내용이야 어떻든 발전 지향적이고 건강한 일을 한다며 응원받았을 것이다. 수 초간의 침묵이 지나고 친구가 말했다.

"그 사람을 이해하려고 노력해 보는 건 어때?"

나는 심술이 나서는 좀 뾰로통한 표정이 됐다. 윗입술을 치켜 올리면서 말했다.

"이해하는 거 좋지. 미워하지 않아도 되니까. 그런데 남을 이해하는 것보다 내 마음을 이해하는 게 더 필요해."

친구는 모범생답게 "그래."라고 수긍했다. 그렇게 싱거운 대화가 끝났다.

만일 친구가 '누가 보면 어떻게 하려고 그런 걸 써.'라며 걱정을 해줬다면 상황은 좀 달라졌을 것이다. 나는 손빽을 마주치며 맞장구쳤을 테니까. 정말이지 그런 두려움을 가끔 느낀다.

타인의 핸드폰을 훔쳐보는 것은 무례한 일이라 질색하지만, 고백하건대 몇 번 본적은 있다. 애인의 행적이 궁금해서 몰래 뒤진 적이 있었는데 지금은 조금 반성한다. 나도 그런 일을 당하지 말라는 법은 없다. 나의 행적이 궁금한 누군가가 내 핸드폰을 뒤지다 무심코 메모장을 눌러 '데스노트'를 본다면 난폭한 사이코패스라며 내게 학을 뗄 것이다. 그리고 두 번 다시 나의 행적을 궁금해하는 일은 없겠지. 그래도 어쩔 수 없다. 보안을 철저히 하면서 마음을 뱉는 수밖에 없다.

마음을 뱉는다는 것은 자신도 인지하지 못한 사이에 감정을 뿜어내는 것과는 전혀 다른 말이다. 그것은 오랜 시간 삼켜 온 마음을 하나, 둘씩 알아차리고 이해하며 해소하는 과정이다. 나는 마음이라는 것은 드러나야지만 무게가 가벼워지고 삶을 방해하지 않는다고 믿는다. 마음은 최소한 한 명 이상에게 드러나야 할 텐데 그 한 명은 자신이 되는 게 가장 좋고.

상담사가 아니었다면

　상담 센터에서 인턴을 했을 때였다. 외부에서 초빙된 교수가 강의를 시작했다. 한 시간쯤 지났을 무렵 사람들의 표정엔 지루함이 깃들었고 교수는 자신의 경험담을 늘어놓기 시작했다.

　교수의 이야기를 요약하자면 이렇다. 한 내담자가 양극성 장애로 진단받았다. 내담자는 심리 상담과 정신과 진료를 받고 호전을 보였다. 어느 날 교수를 찾아온 내담자는 상담사가 되고 싶다고 말했다. 어쩜 나와 이렇게 닮은 경우를 만나다니! 짝사랑하는 사람의 마음을 떠보는 것처럼 가슴이 두근거렸다. 교수는 내담자에게 뭐라고 말했을까? 어떤 통찰력 있는 말을 해줬을까? 나는 위안이 될 말을 기대하고 있었는지도 모르겠다.

"그래서 제가 하하하. 굳이 상담사를 할 필요는 없다고 말했죠. 다른 일을 하는 게 나을 거예요."

강의를 듣던 사람들도 교수를 따라 적잖게 웃었다. 교수는 호의적인 반응에 탄력을 받았는지 톤을 더 올려서 말했다.

"세상에 직업이 얼마나 많은데요."

'그렇지만 교수님. 저는 상담사를 해야 할 필요가 있어서 선택한 것은 아닙니다. 그저 하고 싶을 뿐입니다. 어느 누구도 해야 할 필요가 있어서 상담사를 선택하지는 않습니다. 돈도 벌기 힘들고 끝없이 공부해야 하는 상담사를 선택한 사람들은 절실한 꿈을 꾸는 사람들이겠지요. 교수님. 저는 직업을 잘못 선택한 걸까요? 그렇다면 양극성 장애로 진단받았던 사람은 어떤 직업이 맞으려나요? 추천해 주세요.'라고 말하고 싶었지만, 수업 분위기를 해칠 것 같아 그만두었다.

중이 제 머리 못 깎는다는 말이 있지만, 나는 그 속담은 없다고 여기고 사는 편이다. 무의식적으로 다른 사람에게 공격적으로 대하거나 격한 마음에 빠져서 허우적거려 놓고는 '중이 제 머리 못 깎는다는 말도 있는데 괜찮

아. 상담사도 다 그런 거지.'라며 속담을 핑계 삼아 태만
해지기 싫어서다.

상담사가 되기 위해선 자신의 내적 문제를 해결하는
것이 매우 중요하다. 각자의 해결되지 않은 문제는 관계
의 장애물이 되기 때문이다. 과거를 잔뜩 안고 상담사가
된다면 그 묵은 감정에 빠져서 내담자가 깨끗하게 보이지
않을 수 있다. 게다가 스스로조차 해결하지 못한 문제를
내담자가 꺼내 놓는다면 그 부분을 다루는 것은 불가능할
것이다. 그래서 학회에서는 교육 분석(상담자가 자신의
문제를 해결하기 위해 받는 상담)을 받을 것을 권고하며
능력 있는 상담사들은 자신의 마음을 들여다보는 일을 게
을리하지 않는다.

내가 다른 직업을 선택했다면 조금 더 행복해졌으려
나? 어떤 직업이 있을까 떠올려 보면 세상에 그토록 많은
직업이 있다는 것이 새삼스럽다. 지금 내가 앉아있는 커
피숍의 직원, 방금 내게 전화를 걸었던 보험설계사, 이 테
이블과 의자를 만든 디자이너, 구석에 놓인 화려한 식물
을 판 꽃집 주인. 굳이 다른 직업을 고르자면, 몸으로 하
는 일이 좀 괜찮아 보인다. 신체적 힘을 쓸 때 정신적 에

너지도 소비될 테니 마음이 좀 차분해질 것 같아서다. 그래도 금방 안 되겠지 싶긴 했다. 몸으로 하는 일은 죄다 젬병이라 더 고생길이 될 것이 분명하기 때문이다.

언제나 생각의 끝은 그나마 상담사가 좀 낫다는 것이다. 자신의 마음을 들여다보는 것을 밥 먹듯이 해야 하는 상담사로 정했기 때문에 나는 더 건강해질 수밖에 없었다. 마음을 들여다보는 게 귀찮아서 뺀질거려도 헛수고였다. 유능한 슈퍼바이저를 만나면 숨겨둔 마음을 들킬 수밖에 없었고 해결하지 못한 문제가 금방 드러났기 때문이다. 그렇지만 양극성 장애로 진단받은 사람에게 상담사를 추천할 수는 없다. 나는 그 사람에게 어떤 직업이 잘 맞는지 알지 못하고 그가 어떻게 해낼지도 모르며 내가 상담사가 되고자 한 선택과 과정 모두가 지극히 개인적인 경험이었기 때문이다. 그래도 양극성 장애로 진단받은 누군가가 상담사가 되고 싶다고 한다면 정말이지 웬만하면 말리지는 않을 것이다. 죽음에 문턱까지 갔던 내가 그랬듯 누구나 상담사가 될 자유는 있을 테니 말이다.

상담사가 되고 싶어요

　가벼운 흑백. 간혹 파란색이 섞여 있다. 그 외에 다른 색은 없다. 나는 혼이 났다. 엄마와 아빠는 나를 혼내고 욕하고 때리는 못된 사람들이다. 부모님은 나를 사랑한 다고 하지만, 그건 아니지 싶다. 상대를 해치려 드는 것이 사랑일 리는 없을 테니까. 엄마와 아빠는 왜 나보다 사랑을 모를까?

　엄마는 트집을 잡아서 때린다. 트집이야 성적부터 방 청소까지 다양하다. 성적이 나쁘다며 때리지만, 어느 날은 그보다 낮은 점수를 받았는데도 아무런 반응이 없다. 방이 지저분하다고 때리지만, 어느 날은 난장판 꼴이 돼 있어도 웃어넘길 뿐이다. 나는 알고 있다. 엄마는 훈육을 핑계로 자신의 감정을 해소하느라 바쁜 것이다. 부모 중 한 명만 그렇다면 살 만했을 테지만 나는 운이 없다. 아빠는 더 하다. 아빠는 내가 버릇없고 성격이 안 좋고 한심한 사람이라며 비난한다. 화가 나면 분이 풀릴 때까지 나를 때리거나 집안 물건을 부순다. 나는 평생 안전감이라는 것은 모르고 살았고 앞으로도 그럴 것이다.

안타깝게도 나는 내 부모와 살 수밖에 없다. 그 안에서 살아남으려면 버릇없는 행동은 각별히 조심해야 한다. 어른들의 눈 밖에 나지 않게 인사는 잘해야 하고 밥을 먹을 때는 말대꾸를 하지 않아야 한다. 행여나 불만은 절대 내색해서는 안 된다. 나를 키우는 방식에 불만을 가지고, 그것을 들켰다가는 오늘 밤 맞아 죽을지도 모른다. 그들은 나보다 힘이 세고 무서운 사람들이라는 것을 잊지 말자. 나는 정말이지 버릇없다는 이유로 생을 마감하고 싶지는 않다.

절망감이 올라온다. 집에 있는 것이 두렵다. 세상이 무섭다. 혼자서는 아무것도 할 수 없을 것 같다. 다른 누군가가 필요하다. 나는 아무것도 이겨낼 수 없는 연약한 존재다. 서럽다. 마음의 크기만큼 소리 내서 울고 싶지만, 어찌 된 영문인지 눈물이 나지 않는다. 아무리 눈을 비벼 봐도 눈물의 찌꺼기가 손에 묻어나지 않는다. 내 눈물은 다 어디로 간 걸까. 그때 누군가 나에게 다가온다.

"부영아. 많이 슬퍼 보이는구나."

내가 말했다.

"삼킨 마음을 어떻게 아셨나요? 당신은 누구시죠?"

.

.

.

"선생님. 내담자 왔대요."

동료 상담사가 내 어깨를 살짝 잡아 흔든 순간, 꿈에
서 깼다. 약속된 시간보다 일찍 오는 편은 아닌데 그날은
삼십 분 정도 먼저 와 있었다. 나는 급히 몸을 일으켜 세
워 거울을 봤다. 얼굴에 옷깃 자국이 생기지 않았는지 확
인하고 앞머리를 정돈했다. 그리고 상담 일지가 들어 있
는 낡은 파일을 챙겨서 상담실에 들어갔다.

나는 이 내담자와 1년 넘게 만나고 있다. 초보 상담사
를 1년 동안 매주 찾아와 준다는 것은 쉽지 않은 일이다.
내담자가 말했다.

"며칠 동안 생각해 봤어요. 앞으로 무슨 일을 할지."

내담자는 자신의 앞날에 고민이 많았다. 나는 천천히 생각해 보자고 했지만, 내담자는 조급함을 내려 두기 어려워했다. 하긴, 나도 그랬었다. 친구들이 더 나은 미래를 위해서 분주히 노력하는 모습을 보면 덩달아 나를 재촉할 수밖에 없었다. 그리고 보면 나는 내담자와 참 많이 닮아 있다. 내가 말했다.

"그랬구나. 그래서 어떻게⋯."

내담자는 잠시 책상 위로 눈을 떨구더니 한숨을 쉬었다. 그리고 말했다.

"상담사가 되면 어떨까요?"

그때 수많은 생각이 스쳐 지나갔다. 내가 상담사가 되고 싶다고 말했을 때 상담사는 어떤 마음이었을까. 어떤 마음으로 잘할 수 있을 거라고 말한 걸까. 그것은 진심 어린 응원이었을까. 지지였을까. 상담사이기에 어쩔 수 없이 뱉은 긍정의 반응이었을까. 나는 이 내담자에게 어떤 말을 해 줘야 할까. 그래. 나도 상담사가 됐잖아. 내담자는 더 잘 해낼 거야. 그리고 누구나 상담사가 될 자유는 있는 거잖아. 나는 어수선한 마음을 가다듬고 말했다.

"잘할 수 있을 거예요. 상담사가 되고 싶다고 생각한 이유가 뭐예요?"

내담자가 잠시 뜸을 들이더니 말했다.

"글쎄요…. 그냥…다른 사람의 마음을 듣고 도움을 주는 일이 의미 있어 보여서요…."

상담을 마치고 집으로 돌아오는 길. 내담자의 말이 귓바퀴에 맴돌았다.

'상담사가 되면 어떨까요?'

…

'상담사가 되면 어떨까요?'

…

'상담사가 되면 어떨까요?'

…

'설마. 나한테 상담받은 경험이 좋아서 상담사가 되고 싶다고 한 걸까? 내가 그랬던 것처럼? 에이. 아닐 거야….'

5년 뒤, 아니
10년 뒤에 저는
어떤 모습일까요?

5년, 아니 10년 뒤에는 어떨까요? 저는 어떤 모습으로 살고 있을까요? 불과 얼마 전까지 저는 굉장히 불안했습니다. 한참 남은 제 인생에 괴로움이 다시 찾아올지도 모른다고 생각했기 때문입니다. 그만큼의 괴로움이 재차 찾아온다면 저는 전처럼 이겨 낼 수는 없을 것입니다. 정말 그렇게 생각했습니다. 제가 그 긴 터널을 또 빠져나올 수 있을까요?

그런데 다행입니다. 얼마 전, 불안을 떠나보내게 됐거든요. 과거의 일들을 미워하지 않게 된 날부터입니다. 한때 저에게 일어난 괴로운 모든 일은 제가 불운한 증거였으며 불행한 이유였습니다. 그러나 이제 괴로움은 저를 성장케 한 애증의 무엇이 됐습니다. 그 많은 일을 겪지 않았다면 저는 인간과 삶, 그리고 스스로에 대해 너무나 모르고 살았을 테니까요. 상담을 공부하게 된 계기도 결국은 괴로움 때문이었고요. 이렇게 제 경험을 온몸으로 긍정하고 나니 두려움도, 불안도 맥을 못 춥니다. 5년쯤, 아니 10년쯤 뒤에 저는 지금의 경험으로 더 나은 인간이 되어 있겠죠? 부디 그렇게 됐으면 합니다.

아. 그리고 이 말은 꼭 덧붙여야겠습니다. 글을 쓰면서 걱정됐던 부분 두 가지입니다. 첫 번째는 저자로서 제가 쓴 글에 책임질 수 있냐는 것이었습니다. 어쩐지, 상담 공부를 하면 할수록 모르는 것이 더 많게 느껴져서 어떤 것도 단언할 수 없는 상태가 돼 버렸습니다. 그런데 제 친구는 모르는 게 많아지는 건 제대로 공부하고 있다는 반증이라더군요. 친구가 맞을까요? 제 생각에 확신이 없어지는 건 괜찮은 상담사가 되는 올바른 과정인 걸까요? 별수 없죠. 그런 거라 믿으며 걱정은 하지 않겠습니다. 혹시 언젠가 제가 책에 쓴 내용과 다른 이야기를 하고 있다면 지금 후에 어떤 깨달음이 있었겠거니 하고 넘겨주시길 부탁드립니다.

그리고 두 번째는 책에 등장하는 사람들, 특히나 안좋은 이야기로 등장하는 부모님에 대해서입니다. 이 부분은 정말 조심스럽습니다. 부모님의 잘못을 두둔하려는 것은 아닙니다. 나의 바람들을 충족해 주지 못했던, 오히려 나를 괴롭게 했던 그들이 아직 밉고 싫을 때도 있습니다. 하지만 시간이 지나고 그들에게 나름의 사정이 있었다는 걸 알았습니다. 게다가 자녀의 원망 없는 부모가 되는 것은 더더욱 불가능하다는 사실도 알게 됐죠(그래도 완전한 용서, 뒤 끝없는 화해는 여전히 어렵습니다). 앞에 책에서 나온 글은 제 입장에서, 생각이 마구 꼬여 버린 그 시절에 이입해서 쓴 것이니 부모님이 상처받지 않았으면 합니다. 덧붙이다 보니 길어졌네요.

제 글을 읽어 주셔서 감사합니다. 감사한 분들이 많지만, 언급하는 건 수상 소감을 발표하는 것처럼 겸연쩍고 유난스럽단 생각에 이만 쓰겠습니다. 그저 독자 분들의 어제와 오늘이 삶의 여정 속에서 소중한 경험이 되기를 바랍니다.

하루는 살 만하고 하루는 죽고 싶었다

1판 1쇄 발행 2021년 03월 23일
1판 2쇄 발행 2021년 04월 09일

지 은 이 임부영
그   림 하 몽

발 행 인 정영욱
기획편집 정영주 유지수

펴낸곳 (주)부크럼
전   화 070-5138-9971~3 (도서기획제작팀)
이메일 editor@bookrum.co.kr
인스타그램 @bookrum.official
블로그 blog.naver.com/s2mfairy
포스트 post.naver.com/s2mfairy

ⓒ 임부영, 2021
ISBN 979-11-6214-356-8 (03800)